Lektüre Durchblick

Friedrich Schiller

Wilhelm Tell

Inhalt · Hintergrund · Interpretation

von Alexander Geist

Mit Info-Klappe

mentor
Eine Klasse besser.

Willkommen bei »mentor Lektüre Durchblick«!

Sie lesen **»Wilhelm Tell«** von Friedrich Schiller gerade im Deutschunterricht?
Dann finden Sie hier in knapper und verständlicher Form – oft auf besonders übersichtlichen Doppelseiten – genau die Informationen, die Sie jetzt brauchen.
Sie werden sehen: Wenn Sie sich mit diesem Hintergrund den »Tell« nochmals vornehmen, steht dem vollen Durchblick nichts im Wege. Denn je mehr Sie schon wissen, desto mehr entdecken Sie selbst im Text – und so macht Deutsch-Lektüre erst richtig Spaß!

Viel Erfolg

wünschen Ihnen
Alexander Geist und der mentor Verlag

Der Autor:
Alexander Geist, Lehrer für Deutsch, Psychologie und Ethik an einem Gymnasium, Fachleiter für Deutsch und Ethik, staatlicher Schulpsychologe

Alle Zitate nach:
Friedrich Schiller: Wilhelm Tell. Schauspiel. Stuttgart 2000
(= Reclams Universal-Bibliothek Nr. 12)

Wegweiser

Inhalt

Die Thematik in Kürze

»Wilhelm Tell« ist Schillers Auseinandersetzung mit der Französischen Revolution. Viele Zeitgenossen hatten diese anfangs begeistert begrüßt, als jedoch die Schreckensherrschaft einsetzte und zahlreiche Menschen hingerichtet wurden, änderte sich die Meinung. Schiller wollte in seinem Drama verdeutlichen, dass es eine mit Gewalt verbundene Revolution nur unter gewissen Bedingungen, die historisch äußerst selten auftreten, geben dürfe – in der Schweiz des Spätmittelalters fand er ein Beispiel dafür.

Ein Ideendrama der Weimarer Klassik

Schiller folgt grundsätzlich Kants Philosophie, die den vernünftigen, sittlich handelnden Menschen ins Zentrum stellt. Während Kant aber jede Revolution ablehnte, hielt Schiller sie für legitim, wenn brutale Tyrannen ein Land unterdrücken und moralische Gesetze brechen, während die Menschen diesen Prinzipien gehorchen. In Schillers Stück repräsentieren die Schweizer und vor allem die Hauptfigur Tell ein solches moralisches Leben. Ihr Aufstand bleibt sittlich rein, weil (fast) kein Blut fließt und keine künstliche neue Ordnung errichtet, sondern eine alte, moralisch bewährte wiederhergestellt wird.

Ausdruck bürgerlichen Weltverständnisses

Zugleich entwirft Schiller eine bürgerliche Utopie, d. h. eine Idealvorstellung vom Staat: Die Revolution wird von Schweizer Bürgern ohne Hilfe von Adeligen durchgeführt. Selbst die Adeligen werden am Schluss Bürger und verzichten auf Vorrechte. Hier appelliert Schiller an die Vernunft, die den Adel dazu bringen soll, an der Schaffung eines demokratischen Staatswesens mitzuwirken.

Die Handlung in Kürze

Das Drama schildert die in Wirklichkeit Jahrzehnte umfassenden Ereignisse, die dazu führten, dass die Schweiz ein selbstständiger Staat wurde; Schiller komprimiert die Ereignisse auf wenige Wochen. Zwei Haupthandlungs- und zwei Nebenhandlungsstränge werden kunstvoll miteinander verwoben.

Die drei am Vierwaldstätter See liegenden Schweizer Kantone Schwyz, Uri und Unterwalden leiden unter der tyrannischen Herrschaft der österreichischen Vögte (Beamten). Die frühere Selbstständigkeit der Gebiete erkennt der Kaiser, ein österreichischer Herzog, nicht an. Die Vögte, allen voran Geßler, der schlimmste unter ihnen, unterdrücken die Bevölkerung brutal und verstoßen laufend gegen das Recht. Dagegen erhebt sich allmählich der Widerstand der Schweizer. Eines Nachts schwören sie auf der Rütliwiese, einander beizustehen, wollen aber abwarten, bis Wege gefunden sind, die gefährlichen Burgen der Vögte zu besetzen.

Wilhelm Tell, Jäger und Familienvater, gilt als Inbegriff der Tapferkeit und hilft Verfolgten, hält sich aber ansonsten aus der Politik heraus. Eines Tages wird er festgehalten, weil er den auf einer Stange präsentierten Hut des Vogtes Geßler, ein Symbol der Macht der Habsburger, nicht wie befohlen gegrüßt hat. Geßler zwingt Tell, der als Meisterschütze bekannt ist, mit der Armbrust einen Apfel vom Kopf seines Sohnes zu schießen. Tell tut das notgedrungen, hält aber heimlich einen zweiten Pfeil bereit, um Geßler zu erschießen, falls er seinen Sohn trifft. Er wird deshalb verhaftet, kann sich aber befreien und tötet den Tyrannen Geßler. Damit löst er den allgemeinen Aufstand aus, der erfolgreich endet.

In Nebenhandlungen wird das Schicksal der beiden Adeligen Bertha und Rudenz dargestellt, die sich auf die Seite der Schweizer schlagen, sowie die Geschichte von Johannes von Schwaben, der den Kaiser, seinen Onkel, ermordet, weil dieser ihm sein Erbe vorenthält.

Inhalt

Die Handlung

Die folgende ausführliche Inhaltsangabe soll Ihnen das Verständnis der sehr verwickelten und vielschichtigen Handlung erleichtern (z. B. für Prüfungszwecke). Sie werden sich dabei viel leichter tun, wenn Sie einen Überblick über die historischen Ereignisse haben; daher empfehlen wir Ihnen zuerst die Lektüre des Kapitels »Der historische Hintergrund« (S. 24ff.).

I. Aufzug: Die Schweiz – ein unterdrücktes Land

I/1: Eine Idylle zerbricht

Das Drama beginnt an einem hohen Felsenufer des Vierwaldstätter Sees[1]: Sonnenschein, Natur, Blick auf den See, singende Menschen (ein Fischerknabe, ein Hirte, ein Alpenjäger). In ihren Liedern ist jedoch die **Brüchigkeit der Idylle** erkennbar und ein plötzlich aufziehendes **Gewitter unterstreicht das**. Auch das Geschehen wird dramatisch: Konrad **Baumgarten stürzt hinzu** und fleht, ihn über den See zu setzen. Er habe den Burgvogt Wolfenschießen, der seine Frau vergewaltigen wollte, erschlagen und so nur sein *Hausrecht* (V. 82) wahrgenommen, die Reiter des Toten würden ihn aber verfolgen. Der Fischer Ruodi weigert sich, Baumgarten über den sturmgepeitschten See zu bringen. Erst der gerade dazukommende **Tell** wagt es. Als Wolfenschießens Reiter erscheinen, sind beide aus ihrer Reichweite; die Soldaten rächen sich dafür, indem sie die Herden der Anwesenden töten und die Hütten niederbrennen.

I/2: Die politischen Hintergründe werden klar

Diese Szene spielt vor dem Hause Werner Stauffachers in der Schwyzer Ortschaft Steinen. **Stauffacher und Pfeiffer von Luzern** (dieses befindet sich bereits unter österreichischer Herrschaft) kommen im Gespräch auf die Bühne. Pfeiffer warnt Stauffacher eindringlich davor, sich Österreich zu unterwerfen. Die Schweizer sollten die Willkür der Vögte ertragen, irgendwann werde wieder ein Nicht-Österreicher Kaiser. Dann reist er in Eile weiter.

Es folgt ein langes **Gespräch zwischen dem betrübten Stauffacher und seiner Frau Gertrud**, die sich über seine Besorgtheit wundert, weil sie vor ihrem wunderbaren neuen Haus sitzen. Zur Erklärung berichtet Stauffacher von einer Begegnung mit dem Landvogt Geßler. Dieser fragte Stauffacher, wem das Haus gehöre; Stauffacher antwortete, es sei seines und er habe es als Lehen des Kaisers erhalten. **Geßler** entgegnete, er werde es **nicht zulassen**, dass **Bauern sich wie die Herren des Landes verhielten**. Das erweckte in Stauffacher die **Sorge, seinen Besitz zu verlieren**. Gertrud versucht ihn zu beruhigen: Sie verweist auf die alten Freiheitsbriefe und betont Stauffachers Freiheit, die rechtlich der eines Fürsten gleichkomme. Geßler sei neidisch, denn er sei nur Ritter, besitze also nichts, sei nur untergeordneter Beamter des Kaisers. **Gertrud fordert ihren Mann** sogar **zum Handeln auf**: Er solle sich mit Männern aus den Kantonen treffen und überlegen, wie sie sich von der Tyrannei der Vögte befreien könnten. Sie betont, dass ihre Sache gerecht sei. Stauffacher erklärt, dass das auch seine Überlegungen seien, auch wenn er sie immer unterdrückt habe. Er fragt Gertrud, ob ihr klar sei, dass damit statt Frieden Krieg herrschen werde, dass die Schweizer ihren Feinden unterlegen seien und diese so die Möglichkeit hätten, unter einem Vorwand die alten Freiheitsrechte der Kantone zu vernichten. Schließlich aber überzeugt Gertrud ihn und er beschließt, den Plan sofort in die Tat umzusetzen.

Am Ende der Szene tritt Tell mit Baumgarten auf, der nun in Sicherheit ist und bei Stauffacher Zuflucht findet.

---

1 Eine Karte zu den Schauplätzen finden Sie in der Reclam-Ausgabe auf S. 128. Legen Sie sie bei der Lektüre neben sich, das erleichtert das Verständnis sehr.

I/3: Tell geht nicht auf Stauffachers Werben ein

In Altdorf entsteht eine **Burg** Geßlers**, die Uri unterjochen soll**. Man sieht die zu dieser Arbeit gezwungenen Arbeiter, die darunter leiden, den Tyrannen dienen zu müssen. Tell und Stauffacher, die hinzukommen, beurteilen die Bedeutung der Burg unterschiedlich: Stauffacher sieht die dauerhafte Bedrohung, Tell ist überzeugt, dass sie auch wieder vernichtet werden könne (vgl. V. 387).

Leute bringen **einen Hut auf einer Stange**. Ein Ausrufer verkündet **Geßlers Befehl**: Alle Bürger, die den Platz überqueren, müssen den Hut, der **Symbol für die Macht Österreichs** sei, mit gebeugtem Knie **grüßen**; wer es unterlasse, werde strengstens bestraft. Die Anwesenden sind über diese **neue Form der Unterdrückung** empört. **Tell scheint unberührt**, er will nur heimgehen. Stauffachers Versuch, ihn als Verbündeten zu gewinnen, scheitert: Bald, so Tell, sei die Unterdrückungsherrschaft zu Ende, man müsse sich nur friedlich verhalten. Außerdem solle sich jeder auf sich selbst konzentrieren. Auf Stauffachers enttäuschte Frage, ob das Vaterland auf Tell verzichten müsse, sichert dieser ihm aber zu, dem Land zu dienen, wenn Tatkraft gefragt sei – aber bei Beratungen wolle er nicht dabei sein, das sei nichts für ihn.

Die Szene endet dramatisch: Ein Arbeiter stürzt vom Dach und stirbt. Das adelige Fräulein Bertha will mit Gold helfen, wird aber abgewiesen, da die Schweizer auch in ihr eine Unterdrückerin sehen.

I/4: Mutige Männer bereiten den Aufstand vor

Im Haus von Walther Fürst hält sich Melchthal versteckt, ein **weiteres Opfer der Unterdrückung**: Als diesem auf Befehl des Vogtes Landenberger ein Ochsengespann weggenommen werden sollte, wehrte er sich und brach dem Boten des Vogtes einen Finger. Er floh, musste aber seinen alten Vater zurücklassen, den der Vogt hasst, weil er sich immer für Freiheit und Recht eingesetzt hat. Als es klopft, soll Melchthal sich im Haus verstecken, denn Fürst fürchtet das Eintreffen von Soldaten. Zu seiner Freude tritt aber Stauffacher ein. Sie kommen auf die Unterdrückungsherrschaft zu sprechen und Stauffacher berichtet vom Schicksal von Melchthals Vater: Der Vogt ließ ihm die Augen ausstechen und den gesamten Besitz wegnehmen, weil der Vater nichts über den Verbleib seines Sohnes sagen wollte. Als Melchthal das hört, stürzt er völlig verzweifelt ins Zimmer, macht sich tiefste Vorwürfe und schwört dem Vogt Rache. Er ist für ein gemeinsames Vorgehen, dem Fürst und Stauffacher zustimmen. Sie **beschließen**, sich mit jeweils zehn **Verbündeten** nachts auf dem Rütli, einer Waldlichtung im Grenzgebiet der drei Kantone, zu treffen. Zum Schluss betonen sie ihre Einigkeit auf Tod und Leben (vgl. V. 743) und Melchthal entwirft das Bild des Tyrannensturzes und der Freiheit.

II. Aufzug: Der Widerstand nimmt Gestalt an

II/1: Zwei Welten treffen aufeinander

Der greise Freiherr von Attinghausen spricht auf seinem Besitz mit seinem Neffen Rudenz, nachdem er, einem alten Brauch folgend, mit seinen Knechten aus einem Becher getrunken hat, woran sich Rudenz nur widerwillig beteiligt hat. Schon das verdeutlicht, dass **zwei unvereinbare Lebensauffassungen** aufeinandertreffen:

- **Attinghausen lobt** das **bescheidene Leben nach der *uralt frommen Sitte*** (V. 841) der Väter. Er wirft Rudenz vor, sein Land zu verraten und sich um die Gunst eines fremden Königs[1] zu bemühen, ausgerechnet des Mannes, der der Schweiz die Freiheit nehme, um das Land seinem Reich einzugliedern und auszubeuten. Die Freiheit der Schweiz könne und müsse verteidigt werden. Ruhmsucht verführe Rudenz. Außerdem merke er nicht, dass die

1 Schiller nennt den Habsburger abwechselnd »König« und »Kaiser«. Zum rechtlichen Unterschied s. S. 24. Wir benutzen einheitlich den Titel »König«.

Adelige Bertha, an der er interessiert sei, nur als Lockvogel diene.

- **Rudenz** will sich **der neuen Situation, d. h. der Herrschaft Österreichs, anpassen**. Die Schweizer seien an ihrer Lage selbst schuld und die Unterdrückung der Schweiz sei leicht zu beseitigen: durch Unterordnung unter die Österreicher, die rundherum die Macht besäßen, sodass man ihnen nicht entkommen könne; selbst die Hoffnung auf einen unparteiischen Kaiser sei nutzlos. Gegen Habsburgs Armeen könne man nichts ausrichten, sich Österreich zu unterwerfen, sei also weise. Hinzu kommt, dass Rudenz nicht länger dem von den Habsburgern verspotteten Bauernadel angehören wolle, der mit Knechten verkehrt, sondern als junger Mann nach dem Ruhm an einem großen, glanzvollen Hof und in dessen Kriegsdienst strebe.

II/2: Der Rütli-Schwur: Erneuerung des alten Bundes

In einer klaren Mondnacht treffen sich, wie vereinbart, die Vertreter der drei Urkantone auf einer Waldlichtung, dem Rütli, um den alten Freiheitsbund zu erneuern. Ein doppelter Regenbogen, also ein **ungewöhnliches Naturereignis, betont die Besonderheit des Moments**. Als Melchthal von der Begegnung mit seinem geblendeten Vater berichtet und seine Rachegefühle schildert, betont Stauffacher, **es gehe nicht um Rache, sondern um die Abwendung einer für alle bedrohlichen Gefahr**. Melchthal schildert seine Bemühungen, in den Dörfern Unterstützung zu bekommen; alle seien voller Hass auf die Tyrannei der Vögte und bereit, ihr gewohntes Leben zu verteidigen. **Jeder wolle die Aktionen unterstützen.**

Allmählich treffen alle ein und **betonen als Erstes ihre Einigkeit**, unabhängig von Standesunterschieden oder früheren Konflikten. Am Rande stellt man fest, dass Tell nicht gekommen ist.

Die Vertreter der Kantone beraten dann über **Verfahren und Zuständigkeiten**: Man tage nach den alten Gesetzen; im Rat führe die Schwyz, im Krieg Uri. Der frühere Landammann (Kantonschef) Reding wird zum neuen Ammann und Sitzungsleiter bestimmt.

Stauffacher betont, dass **kein neues Bündnis gegründet, sondern nur ein uraltes erneuert** werde, und entwirft das **Bild der alten freien Schweiz**. Dazu erzählt er die Gründungssage, hebt die Einheit der Kantone und ihre auf Kaiser Friedrich zurückgehende Freiheit und Selbstverwaltung hervor. Diese geht so weit, dass sie dem Kaiser schon den Gehorsam versagt hätten, als dieser zu Unrecht Schweizer Gebiete einem Kloster übertragen habe. Dass die Schweizer das raue Land in jahrhundertelanger Arbeit mühsam kultiviert haben, begründe ihren Besitzanspruch für ewig. Den Höhepunkt bildet die **Rechtfertigung eines Aufstandes**: Man berufe sich auf ewig gültige Naturrechte, die einem erlauben, gegen die Tyrannei und zur Verteidigung der höchsten Güter – Vaterland und Familie – als letztes Mittel mit Waffengewalt zu kämpfen.

Dann werden **mögliche Einwände gegen diesen Plan** geprüft:

- Pfarrer Rösselmann fragt, ob man nicht eine friedliche Lösung herstellen könne, indem die Schweiz sich Österreich unterwerfe. Alle lehnen das empört ab, beschließen sogar als erstes Gesetz, dass, wer solches vorschlägt, alle Bürgerrechte verlieren soll.
- Die Versammelten überlegen, ob wirklich alle friedlichen Mittel ausgeschöpft worden sind. Zur Klärung berichtet Konrad Hunn von seinem erfolglosen Besuch am Königshof. Alle Reichsstädte hätten ihre Freiheitsbriefe bestätigt bekommen, nur er als Vertreter der Schweizer sei vertröstet worden. Er erwähnt die Begegnung mit Herzog Johannes, dem König Albrecht, sein Onkel, ein ererbtes Land verweigere; Johannes rufe die Schweizer auf, sich selbst zu helfen, denn vom König könne man keine Gerechtigkeit erwarten. Diesem Rat schließen sich die Kantonsvertreter an.

Im Anschluss wendet man sich den **konkreten Plänen** zu:

- Alte Rechts- und Herrschaftsverhältnisse sollen bewahrt werden.
- Man wolle nur die Landvögte vertreiben und das möglichst ohne Blutvergießen.
- Losschlagen könne man erst, wenn deren Burgen in der Hand der Schweizer seien. Da das Zeit braucht, will man mit dem Aufstand bis Weihnachten warten. An diesem Tag ist es Brauch, dem Vogt Geschenke zu bringen; dabei könnten unauffällig Männer in die Burgen kommen, sich der Tore bemächtigen, sie öffnen und draußen versteckte Kämpfer einlassen. Sobald die Burgen gefallen seien, werde man das Zeichen zum Aufstand geben.

Bei beginnender Morgenröte schwören die Anwesenden einen heiligen **Eid**, vereint zusammenzustehen, die Freiheit wiederherzustellen und im Vertrauen auf Gott furchtlos zu kämpfen. Stauffacher mahnt noch alle, einstweilen die Unterdrückung zu ertragen; wer seine Wut nicht bezähmen könne, schade der gemeinsamen Sache.

III. Aufzug: Tells Apfelschuss

III/1: Tell, der furchtlose Abenteurer – Hedwig, die sorgenvolle Ehefrau und Mutter

Die Szene in Tells Haus zeigt das Ehepaar, das unterschiedlicher Meinung ist: Tell will, dass seine Söhne früh lernen zu kämpfen, um für das Leben gerüstet zu sein; seine Frau Hedwig hofft, dass sie das nie lernen. Tell beschreibt sich als rastlosen Menschen, der die Herausforderung brauche; Hedwig sorgt sich, dass Tell bei seinen abenteuerlichen Aktionen im Gebirge in Gefahr gerät. Auf seine Absicht, nach Altdorf zu seinem Vater zu gehen, reagiert Hedwig misstrauisch, denn sie weiß um den Rütli-Schwur. Tell betont, nicht dabei gewesen zu sein, dem Vaterland aber zur Verfügung zu stehen, wenn es nötig sei. Hedwig kritisiert Tells Haltung, anderen immer zu helfen und dabei nicht an seine Familie zu denken; Tell entgegnet, dass er gerade deshalb helfe. Als Tell die Armbrust ergreift und Sohn Walther mitnehmen will, versucht sie beides zu verhindern, es gelingt ihr aber nicht. Sie fleht, Tell solle Altdorf meiden, solange Geßler dort sei, da dieser Tell nicht möge. Tell jedoch sorgt sich darum nicht und begründet das mit einem Erlebnis: Er war Geßler allein auf einem hohen Felsensteig begegnet. Beim Anblick des bewaffneten Tell, den er kurz zuvor unangemessen bestraft hatte, sei Geßler blass geworden. Tell hatte Mitleid mit dem Vogt und verschonte ihn. Hedwig ahnt, dass Geßler es Tell nie verzeihen werde, ihn schwach gesehen zu haben. Tell jedoch glaubt, dass Geßler ihm aus dem Wege gehe, wie er selbst es auch tun wolle. Als Tell und Walther losziehen, lassen sie eine völlig verängstigte Mutter zurück.

III/2: Die seltsamen Wege der Liebe: Bertha und Rudenz

In einer wilden Waldgegend begegnen sich Bertha und Rudenz während einer Jagd allein. Rudenz erklärt ihr seine Liebe und Treue – doch Bertha weist ihn ab: Er möge nicht von Liebe und Treue sprechen, wenn er sich an Österreich, den Unterdrücker der Schweiz, verkaufe. Rudenz ist völlig überrascht, denn er habe sich doch nur mit den Habsburgern eingelassen, um ihr Herz zu gewinnen. Dass er ihr unterstellt, aufseiten der Österreicher zu sein, empört Bertha; sie ist zwar keine Schweizerin, unterstütze aber das unterdrückte Land. Rudenz versucht sich zu verteidigen, er wolle nur das Beste für sein Volk, überzeugt damit aber Bertha nicht. Doch sie gesteht, dass sie Rudenz gern lieben möchte, und ermuntert ihn, zu seinen Wurzeln als Schweizer zurückzukehren. Sie weist auch darauf hin, dass ihr Besitz in der Schweiz liege, sodass sie frei sei, wenn es das Land sei. Sie weiß, dass die Habsburger es auch auf ihre Ländereien abgesehen haben und sie an den Kaiserhof ziehen wollen, um sie dort zu verheiraten. Nur Rudenz' Liebe könne sie retten. Rudenz gesteht ihr, dass er sich nur ihretwegen mit den Österreichern eingelassen habe, nun aber könne er mit ihr vereint im Vaterland leben. Beide sind überglücklich, müssen sich aber für den Moment trennen, weil die Jagdgesellschaft naht.

III/3: Der Apfelschuss – Beginn einer Todfeindschaft

In Altdorf halten zwei Soldaten vor dem Hut auf der Stange Wache. Sie beklagen die Nutzlosigkeit ihres Tuns: Alle anständigen Leute meiden den Platz. Der eine Soldat würde gern jemanden festnehmen, der andere erklärt, wie lächerlich sie sich machen, wenn sie einen leeren Hut bewachen, und will vor den Vorübergehenden die Augen zudrücken.

Tell kommt mit seinem Sohn Walther über den Platz und erklärt dem Jungen den Vorteil des Lebens im Gebirge: Dort seien die Menschen frei und genössen die Frucht ihrer Arbeit, in den anderen Ländern aber gehöre alles irgendwelchen Adeligen, keiner ernte die Früchte seiner Arbeit, keiner könne dem anderen trauen. **Achtlos gehen Tell und Walther an dem Hut vorbei, weshalb Friesshardt, einer der Soldaten, Tell verhaften will.** Walther ruft um Hilfe und Menschen strömen herbei, unter ihnen der Vater von Tells Frau, Walther Fürst. Er bürgt für Tell, doch der Soldat bleibt unerbittlich. Die Anwesenden wollen Gewalt anwenden, Tell aber will sich selbst helfen und fordert sie zum Gehen auf. Friesshardt wittert trotzdem Aufruhr. In dem Moment kommt der **Landvogt Geßler mit seinem Gefolge**.

Tell verteidigt sich Geßler gegenüber, er habe nur aus Versehen den Gruß unterlassen, und bittet um Gnade. Überraschend spricht Geßler Tell auf dessen berühmte Schießkünste an; Sohn Walther bestätigt sie mit überschwänglichen Worten. **Geßler befiehlt Tell, einen Apfel vom Kopf seines Sohnes zu schießen**. Treffe er nicht, werde Tell getötet. Allgemeine Empörung erhebt sich, auch Tell protestiert, doch Geßler bleibt hart; weigere sich Tell, würden Vater und Sohn sterben. **Mehrere Personen**, auch Bertha aus Geßlers Gefolge, **versuchen den Vogt von seinem Vorhaben abzubringen – vergebens**. Tells Sohn Walther erweist sich als ebenso mutig wie sein Vater und fordert diesen auf, den Schuss zu wagen. Melchthal und Stauffacher müssen ohnmächtig zusehen, denn sie haben keine Waffen. Tell versucht ein Letztes, indem er Geßler bittet, ihn gleich töten zu lassen, doch der Vogt besteht auf dem Schuss. Nach innerem Kampf gibt Tell nach. Noch einmal erfolgt eine Verzögerung: Rudenz stellt Geßler zur Rede, wirft ihm unrechtmäßiges Handeln vor und stellt sich offen auf die Seite seines Volkes. Doch bevor noch der wütende Geßler ihn verhaften lassen kann, **fällt** im Hintergrund **der Schuss**; der Apfel ist getroffen, **Tells Sohn überlebt**. Geßler ist erstaunt, die Umstehenden sind erleichtert, Tell sinkt mit seinem Sohn im Arm kraftlos zu Boden.

Doch Geßler ist noch nicht am Ende: Er hatte beobachtet, dass Tell heimlich einen zweiten Pfeil eingesteckt hatte, und stellt Tell zur Rede. Tell versucht es erst als alten Schützenbrauch abzutun, was Geßler nicht zufriedenstellt; er sichert Tell sein Leben zu, möchte aber die Wahrheit hören. **Tell bekennt** offen, **dass er mit dem zweiten Pfeil Geßler erschossen hätte, falls der erste seinen Sohn getroffen hätte**. Das kann Geßler nicht hinnehmen; er lässt **Tell verhaften** und verkündet, dass er ihn wegen des Versprechens zwar nicht töten, wohl aber in seiner außerhalb Uris liegenden Burg Küßnacht inhaftieren werde. Die Umstehenden protestieren vergeblich gegen diesen Rechtsbruch, denn nach altem Recht dürfe der Bewohner eines Kantons nur in seinem eigenen Land gerichtet werden. Überdies sind sie zutiefst bestürzt, denn mit Tell verschwindet in ihren Augen alle Hoffnung. Dieser aber nimmt sein Schicksal im Vertrauen auf Gottes Hilfe auf sich.

IV. Aufzug: Der Aufstand beginnt

IV/1: Tell wie durch ein Wunder gerettet!

Am Ostufer des Vierwaldstätter Sees berichtet Kunz von Gersau einem Fischer und dessen Sohn von der Gefangennahme Tells und dass Attinghausen im Sterben liege. Mit ihm und Tell, so der Fischer, verliere die Schweiz jede Hoffnung auf Freiheit. Als ein Sturm losbricht, weist der Sohn seinen Vater auf ein Schiff in Seenot hin; sie erkennen, dass es das von Geßler ist.

Überraschend taucht Tell auf. Er berichtet, wie er sich befreit hat. Er lag gefesselt im Schiff, als plötzlich der Sturm losbrach. Einer der Soldaten bat Geßler, Tell loszumachen und das Schiff steuern zu lassen, denn nur er könne sie noch retten. Geßler stimmte zu. Tell nutzte diese Gelegenheit, nach einer Fluchtmöglichkeit Ausschau zu halten, steuerte das Boot zu einer Felsplatte am Ufer, griff schnell nach seiner in der Nähe liegenden Armbrust, floh mit einem Sprung an Land und stieß dabei das Schiff in den sturmgepeitschten See zurück. Für den Fischer ist das ein Wunder Gottes. Dessen Sohn ist bereit, Tell zu einem Weg zu führen, den Geßler, sollte er überleben, zu seiner Burg Küßnacht nehmen würde; der Fischer soll Tells Frau benachrichtigen. Tell verschweigt, was er plant.

IV/2: Der Beschluss, sofort loszuschlagen

Der alte **Attinghausen liegt im Sterben**. Walther Fürst, Stauffacher und andere, darunter Tells Sohn Walther, sind bei ihm. **Hedwig, Tells Frau**, stürzt herein und will nur ihr Kind sehen. Sie ist **empört über Tells Handeln**, den Apfelschuss. Auf den Einwand Baumgartens, ob sie denn nicht für Tells Schicksal (die Anwesenden halten ihn in diesem Moment ja noch für gefangen) Mitleid empfinde, reagiert sie mit einem Gegenvorwurf: Keiner habe etwas zu seiner Rettung unternommen, während Tell doch immer allen helfe. Doch nun bricht **auch** ihre **verzweifelte Sorge um Tell** aus ihr heraus; eingesperrt und fernab von den hohen Bergen werde er unweigerlich sterben. Stauffachers Ankündigung, man werde ihn retten, glaubt sie nicht; ohne Tell hätten die Schweizer keine Chance.

Der sterbende **Attinghausen** wacht für einen Moment auf und fragt nach Rudenz. Man berichtet ihm von dessen Gesinnungswandel; der Alte möchte ihn segnen, aber Rudenz ist noch nicht da. Attinghausen ist **voller Sorge**, dass er nun **nichts mehr für sein Land tun könne** und **es untergehe**. Stauffacher und Fürst beschließen, ihn über den Aufstandsplan und **das neue Bündnis zu informieren**. Als sie ihm sagen, dass nur Bürger beteiligt seien, erkennt Attinghausen, dass das Land die Adeligen nicht mehr brauche und sie zu normalen Bürgern würden; das ist für ihn aber nicht negativ, sondern ein Fortschritt. Im Sterben entwirft er eine begeisternde **Vision vom siegreichen Freiheitskampf der Schweizer** – und beschwört die Anwesenden, ihre Einigkeit zu erhalten.

Erst jetzt trifft **Rudenz** ein und ist zutiefst betroffen, dass er seinem Onkel nicht mehr seinen Gesinnungswandel mitteilen konnte. Die anderen beruhigen ihn: Attinghausen habe davon erfahren. Rudenz **gelobt** ihm in die tote Hand, **zu seinem Volk zu stehen**. Auch den anderen will Rudenz in die Hand schwören; Fürst und Stauffacher sind dazu bereit, Melchthal bleibt misstrauisch. Rudenz gibt bekannt, dass er vom Rütli-Schwur schon lange gewusst, aber geschwiegen habe, denn er sei nie ein Feind seines Landes gewesen. Was ihn aber stört, ist die Vereinbarung, den Aufstand bis Weihnachten zu verschieben. Da er das nicht mitbeschlossen habe, wolle er **sofort handeln**. Dafür hat er noch einen persönlichen Grund: **Bertha** sei von Geßler aus ihren Besitzungen **entführt** worden, was umso mehr empöre, als sie eine freie Adelige sei. Er bittet die Anwesenden um ihre Hilfe. Sein Plan ist es, die Burgen zu erobern. Unter Hinweis auf die völlig veränderten Umstände **beschließen die Anwesenden, die ursprüngliche Zeitplanung aufzugeben**.

IV/3: Tells Rache an Geßler

Tell wartet an einem Hohlweg auf Geßler. Seinen **Plan** und seine **Motive** offenbart er in einem **Monolog**: Immer habe er friedlich gelebt, aber Geßlers teuflischer Befehl habe seine Einstellung grundlegend verändert. Vor dem Apfelschuss habe er geschworen, Geßler zu töten; nur so könne er seine Familie schützen, zumal der Vogt jedes Recht gebrochen habe. Letztlich stellt Tell seinen Plan als göttliches Strafgericht dar. Tell weiß, er hat nur einen Pfeil, aber er ist sich sicher, dass er einen *Meisterschuss* (V. 2650) tun werde.

Zur **Spannungsverzögerung** schiebt Schiller **kleine Szenen** ein. So taucht eine Hochzeitsgesellschaft auf; einer aus der Gruppe, Stüssi, lädt Tell ein mitzukommen, der natürlich ablehnt. Stüssi erzählt, dass sich Naturkatastrophen und ungewöhnliche *Wunderdinge* (V. 2669) ereignet haben, die als Hinweis auf Verbrechen gegen die natürliche Ordnung gedeutet werden. Ein Wanderer berichtet, der Vogt komme nicht mehr, da Hochwasser die Brücken zerstört habe, aber dann kündigt ein Soldat doch Geßlers Erscheinen an. Tell versteckt sich.

Geßler und sein Gefolge treten auf, wobei der Vogt Rudolph, seinem Stallmeister, sein Unterdrückungsprogramm beschreibt und begründet. Die Bäuerin **Armgard** und ihre Kinder stellen sich ihm in den Weg; sie **fleht um Gnade für ihren Mann**, der sechs Monate ohne Richterspruch im Gefängnis liegt, eine Katastrophe für die bettelarme Familie. Geßler verlangt zornig, sie aus dem Weg zu schaffen, und droht, sie und ihre Kinder niederzureiten. Armgard ist das egal, sie beschimpft ihn als Tyrannen. Nun **trifft Tells Pfeil** den wütenden **Geßler**, dem sofort klar ist, wer geschossen hat. Während er **stirbt, begreifen** die anwesenden **Schweizer**, dass das **Land frei** ist. Rudolph bläst zum Rückzug; er erkennt, dass Geßlers Tod das Signal zum Aufstand ist, und will die Burg Küßnacht für den König retten.

V. Aufzug: Glückliche Schweiz

V/1: Sieg auf der ganzen Linie

Von einfachen Leuten auf einem Platz bei Altdorf erfährt man, dass der Aufstand in zwei Kantonen erfolgreich gewesen sei, nur die Burg von Uri stehe noch. Trotz der Warnungen von Walther Fürst, man solle auf gesicherte Nachrichten warten, beschließen alle, den Rohbau der Burg niederzureißen.

Kurz darauf berichten Melchthal und Baumgarten, dass die Burgen gefallen und die Tyrannen vertrieben worden seien und dass sie Bertha im letzten Moment hätten retten können. Die gemeinsame Tat verbindet die zwei Männer; bis dahin hat Melchthal Rudenz ja misstraut. Melchthal ergriff den auf der Flucht befindlichen Vogt Landenberg, der seinen Vater verstümmelt hatte, ließ ihn aber auf Bitten des Vaters am Leben. Walther Fürst betont, wie richtig dies gewesen sei, weil so kein schändliches Blutvergießen stattgefunden habe. Alle feiern glücklich die Freiheit; der Hut, von Geßler als Symbol der Unterdrückung aufgehängt, wird nun zum Zeichen der Freiheit. Zwar erwarten die Eidgenossen einen Rachefeldzug des Königs, aber aufgrund ihrer Einheit fürchten sie ihn nicht.

Die Gefahr ist schnell gebannt: Rösselmann und Stauffacher erscheinen und berichten, dass König Albrecht von seinem Neffen Johannes ermordet worden sei, weil er ihm sein Erbe vorenthalten habe. Das Reich ist in Aufruhr, man fürchtet gleichermaßen die flüchtigen Mörder wie die Rache der Familie des Toten. Die Schweizer freilich profitieren von der Mordtat, denn sicher werde ein Nicht Habsburger neuer Kaiser, der sie wieder schützen werde.

Ein Bote bringt einen Brief der Königinwitwe, die die Kantone auffordert, den Mördern nicht zu helfen, sondern sie auszuliefern – als Dank dafür, dass der Vater des Königs einst das Freiheitsrecht der Schweizer bestätigt hatte. Da dessen Sohn Albrecht aber nie die Interessen der Schweizer vertreten habe (vgl. V. 3052ff.), verspüren sie keine Dankespflicht und lehnen das Ansinnen ab. Weil Tell abwesend ist, wollen sie zu dessen Haus ziehen, um ihn als *Retter von uns allen* (V. 3087) zu feiern.

V/2: Tell und Johannes Parricida: in ihrem Handeln nicht vergleichbar

In ihrem Haus warten Hedwig und die Kinder voller Freude auf Tell. Ein Mönch taucht auf und verhält sich eigenartig verwirrt und bedrohlich. Hedwig erkennt, dass er kein Mönch sein kann, weiß jedoch nicht, dass sie den Haupttäter des Königsmordes, Johannes, der auf der Flucht ist, vor sich hat. Als Tell kommt, ist sie überglücklich. Erst als er den Mönch bemerkt, erinnert auch sie sich seiner wieder und bittet ihren Mann, mit ihm zu sprechen.

Der Mönch bezeichnet es als Fügung Gottes, dass er ausgerechnet auf Tell getroffen sei, und gesteht, wer er ist. Tell schickt seine Familie hinaus und bekundet seine ungeheure Abscheu vor dem Verwandtenmörder. Er verdeutlicht den Unterschied zwischen ihren Taten: Johannes habe aus Ehrsucht und Habgier gemordet, Tell jedoch mit dem Recht der Notwehr eines Vaters gehandelt. Schließlich aber hat Tell mit dem völlig verzweifelten Johannes Mitleid. Obwohl es verboten ist, dem Mörder zu helfen, entschließt Tell sich doch dazu. Er rät Johannes, der auf keinen Fall in der Schweiz bleiben könne, nach Rom zu gehen, dem Papst zu beichten und sich dessen Urteil zu unterwerfen. Tell beschreibt ihm den gefährlichen Weg und schickt ihn, als Stimmen der Eidgenossen zu hören sind, weg. Hedwig beauftragt er, dem Mönch ausreichend Lebensmittel mitzugeben – und nicht zu fragen, wer er sei.

V/3 (»Letzte Szene«): Ein völlig geläuterter Rudenz

In der Umgebung von Tells Haus haben sich seine begeisterten Landsleute versammelt, die ihn als Retter der Freiheit feiern; Tell selbst sagt kein Wort. Das Stück endet damit, dass Bertha die Menschen fragt, ob sie sie als Bürgerin aufnehmen, woraufhin alle zustimmen. Sie verlobt sich mit Rudenz, der im selben Augenblick alle seine Knechte zu freien Männern erklärt.

Hintergrund

Vom Überblick zum Durchblick

Der erste Teil dieses »Lektüre Durchblicks« half Ihnen, den Inhalt des Dramas zu erfassen. Da das Stück aber mehr ist als nur eine nette historische Heldenstory, informieren wir Sie im folgenden Teil »**Hintergrund**« komprimiert über eine Reihe von Aspekten, die sicher auch im Unterricht eine Rolle spielen und Ihnen das Verständnis des Dramas erleichtern:

- Was für ein Mensch war Schiller? Was war ihm wichtig? Was sind die Themen seines Lebens und seiner Werke?
- Welchen realen historischen Hintergrund hat das Drama?
- In welcher Zeit entstand es? Welchen Einfluss hatte diese auf Schiller und sein Stück?
- Welche Quellen benutzte Schiller?
- Welche Gattungsmerkmale kennzeichnen das Stück?
- Wie ist das Drama aufgebaut?
- Warum schrieb Schiller in dieser für uns so fremden Sprache?
- Welche dramaturgischen Mittel setzt Schiller ein, um den Zuschauer nicht nur zu belehren, sondern auch zu unterhalten?

Von der Textanalyse zur Textproduktion

Der Teil »**Interpretation**« umfasst eine **Textanalyse** zu philosophischen Aspekten des Stücks (Kants, Rousseaus und Schillers Vorstellungen von Freiheit, Geschichte und Demokratie) sowie eine ausführliche Charakteristik der Titelfigur und ihrer inneren Entwicklung.

Im abschließenden Kapitel »**Aufgaben mit Lösungstipps**« bieten wir Ihnen Themen an, die für Klassenarbeiten typisch sind. Die Argumentationshilfen und Gliederungsvorschläge sollen Ihnen bei der Prüfungsvorbereitung helfen.

Autor und Werk

Friedrich Schiller
* 10. 11. 1759 in Marbach/Neckar
† 9. 5. 1805 in Weimar

Schiller, Sohn eines Arztes und späteren Offiziers und Hofbeamten in Baden-Württemberg, litt zeitlebens unter politischer Unterdrückung, finanziellen und gesundheitlichen Problemen. Das prägte sein umfangreiches dramatisches und lyrisches Werk und spiegelt sich im zentralen Thema »Freiheit« wider.

Kampf gegen Unterdrückung (bis ca. 1783) – der Stürmer und Dränger

- gegen seinen Willen **Besuch einer Militärakademie** (Jura- und Medizinstudium), Arbeit als schlecht bezahlter **Militärarzt**
- **Verfasser von Dramen des Sturm und Drang:** »Die Räuber« (1777–1780), »Die Verschwörung des Fiesco zu Genua« (1784), »Kabale und Liebe« (1782/83; Kabale = Intrige)
- **Hauptthemen: Freiheit von** gesellschaftlicher oder politischer **Unterdrückung, Kritik am Adel**
- **Schicksalsjahr 1782:** Flucht aus Stuttgart nach Mannheim (damals bereits »Ausland«), da der Württemberger Herzog Schiller die Arbeit als Autor untersagte

Existenzsorgen (ca. 1783–1787) – literarische Übergangszeit

- **beruflich völlig ungesichert**, nur Arbeit als freiberuflicher Schriftsteller (durchaus populär, aber arm), hohe Schulden, Abhängigkeit von Gönnern, Liebeskummer, zahlreiche Umzüge
- **Beginn der Geschichtsstudien** (Basis des späteren Brotberufs)
- **literarische Übergangszeit** hin zur Klassik
- **Hauptwerke:** »Ode an die Freude« (*Freude schöner Götterfunken*, 1785; heute europäische Hymne); Drama »Don Karlos« (1787); Kriminalerzählung »Der Verbrecher aus verlorener Ehre« (1786; sehr kurz, sehr lesenswert!)

Aufstieg mit Rückschlägen (ab 1787) – der Klassiker

- **beruflich-finanzielle Absicherung:** 1789 außerordentlicher Geschichtsprofessor in Jena (schlecht bezahlt!), 1790 kleines Gehalt des Weimarer Herzogs, 1791 Unterstützung durch den dänischen Erbprinzen, ab da auch höhere Bucheinnahmen
- **Hochzeit:** 1790 mit Charlotte von Lengefeld, vier Kinder
- **Schicksalsjahr 1791:** lebensgefährliche Erkrankung (Lungenleiden, das er nie ganz überwindet und an dem er letztlich stirbt), zugleich Beginn des Philosophiestudiums (v. a. von Kant)
- 1794 **Beginn der Freundschaft** mit Goethe (zuvor mochten sich die beiden nicht), 1799 Umzug nach Weimar
- **literarische Entwicklung zum Klassiker** mit den **Hauptthemen »Geistige, innere Freiheit«** und **»Klassische Ideale«** (z. B. Treue, Freundschaft); im Zentrum historische Figuren, aber nicht um Geschichte darzustellen, sondern philosophische Ideen
- **Hauptwerke:** Dramen »Wallenstein« (1794–1800), »Maria Stuart« (1799–1800), »Die Jungfrau von Orleans« (1800), »Wilhelm Tell« (1804); Balladen (»Die Bürgschaft«, »Das Lied von der Glocke«), philosophische Gedichte; historische, philosophische und kunsttheoretische Texte

Der historische Hintergrund

Um das Drama zu verstehen, muss man sich mit den historischen Hintergründen auseinandersetzen, da sich Staat und Recht des Mittelalters erheblich von unserer heutigen Welt unterscheiden.

Deutschland im Mittelalter

Die Schweiz gehörte zum **»Heiligen Römischen Reich Deutscher Nation«**, das beanspruchte, Nachfolger des Römischen Reiches zu sein. In Wirklichkeit war es ein **Flickenteppich aus unzähligen Herrschaftsgebieten**. Manche dieser Gebiete waren **»reichsunmittelbar«**, d. h., sie unterstanden nur dem deutschen König bzw. Kaiser, manche waren unselbstständiger Teil eines größeren Gebietes, das von einem reichsunmittelbaren Herrscher regiert wurde. Reichsunmittelbare Gebiete waren oft sehr klein, z. B. Reichsstädte wie Nördlingen, aber daneben gab es auch große Länder unter einem Herzog, z. B. Österreich, wo die Habsburger die Macht hatten. **Oberhaupt des deutschen Reiches** war der **König** – gewählt von den Kurfürsten (hohe Adelige; Kur = Wahl). Um den Thron gab es stets harte Auseinandersetzungen und es war z. B. typisch, dass einem Habsburger nicht unmittelbar ein weiterer Habsburger auf dem Thron folgte, damit keine Familie zu mächtig wurde (vgl. V. 3021–3023). **Kaiser** wurde ein König erst durch die vom Papst vorgenommene Krönung. Schiller spricht im Drama abwechselnd von König und Kaiser, meint damit aber immer den Habsburger Herzog Albrecht (s. S. 9).

Kern des mittelalterlichen Staatswesens war das **Lehenssystem**: Ein Lehensherr, z. B. der König, gab einem Lehensmann ein Lehen, d. h. ein Gebiet und die dort lebenden Menschen. Diese waren nicht frei, sondern »Eigenleute« oder »Sassen«; sie mussten ihrem Herrn oft hohe Abgaben zahlen (vgl. V. 1798ff.), manchmal auch direkt für ihn arbeiten (»Frondienst«, vgl. Anfang von I/3) und hatten keine Rechte (vgl. V. 1803ff.). »Lehen« enthält die Bedeutung »leihen«, d. h., die Übertragung erfolgte nicht auf ewig. Der Lehensherr war oberster Richter, der bei Streitigkeiten zwischen seinen Lehensleuten entschied (vgl. V. 1217), manchmal besaß er auch das Recht, allein über Leben und Tod eines Beklagten zu entscheiden (vgl. V. 1234). Außerdem musste er seine Lehensleute und damit das Reich beschützen (vgl. V. 1226). Der Lehensmann zahlte im Gegenzug seinem Lehensherrn Abgaben und kämpfte im Kriegsfall für ihn (vgl. Stauffachers Rede auf dem Rütli, V. 1223–1226)[1]. Nur wenn der Lehensherr seine Schutzpflichten gegenüber dem Lehensmann nicht einhielt, durfte dieser sich gegen ihn zur Wehr setzen (vgl. V. 1244ff.; vgl. auch Tells Argumentation, warum sein Tötungsplan gegen Geßler rechtmäßig sei, V. 2591ff.).

Lehensübertragungen waren auf allen Ebenen möglich; ein Lehensmann konnte einem ihm unterstehenden Mann wiederum ein Lehen übertragen. Entscheidend für Selbstbewusstsein und Ansehen war, wer Lehensherr war. Deshalb konnte sich Stauffacher stolz als ebenbürtig mit einem Fürsten betrachten, denn er hatte seinen Hof als Lehen vom Kaiser erhalten (vgl. V. 228f., 261–266). Es gab also reichsunmittelbare Bauern – neben rechtlich völlig unfreien. Die persönliche Freiheit war Voraussetzung für die Übernahme eines Amtes; deshalb durfte Ulrich der Schmied nicht die Sitzung auf dem Rütli leiten (vgl. V. 1141f.). Da jeder irgendeinen Herrn über sich hatte, war theoretisch keiner außer dem König vollkommen frei (vgl. V. 1216) – aber das war nur die Theorie …

Im Spätmittelalter, in dem das Stück spielt, bestanden zwei Systeme nebeneinander: das alte Lehenssystem mit den Lehensübertragungen auf Zeit und daneben Gebiete, die fest in der Hand adeliger Familien waren, welche ihren Besitz ausweiten wollten, sei es durch Gewalt, Kauf oder Heirat (vgl. Berthas Sorge, V. 1663ff.).

1 Die Schweizer waren übrigens als tüchtige Soldaten bekannt; deshalb hat der Papst auch eine Schweizer Garde als Schutzmannschaft.

Die Gier der Habsburger nach der Schweiz

Die Schweizer Bundesländer heißen **Kantone**. Uri, Schwyz und Unterwalden gelten als »**Urkantone**«, als Keimzellen der Schweizer **Eidgenossenschaft**. Der Begriff beschreibt die Vorstellung der Schweizer von ihrem Staat: Genossen sind Gleichberechtigte, und die Basis des Staates bildet ein Eid zwischen diesen.

Die Reichsunmittelbarkeit errangen die Kantone Uri und Schwyz als erste, mussten aber ihre Unabhängigkeit von jedem neuen deutschen König in »Freiheitsbriefen« wieder bestätigen lassen. Habsburger-Könige machten das oft nicht (oder erst unter Druck): Sie wollten sich die Schweiz einverleiben, weil dort große Handelsstraßen durchliefen und v. a. der St.-Gotthard-Pass die Alpenüberquerung erleichterte. Hier zeigt sich ein Interessenkonflikt, der mit der damaligen Staatsverfassung zu tun hat: Der König war Herrscher mit egoistischen Machtinteressen und konnte somit nicht zugleich ein neutral urteilendes Reichsoberhaupt sein (vgl. V. 701ff.).

Die Regierungsgewalt übten die Habsburger mithilfe von Vögten aus, leitenden Beamten und Richtern. Je nach Dienstbereich gab es z. B. Land- oder Burgvögte[1]; ein Reichsvogt (hier: Geßler) stand an der Spitze. Die Beamten waren zwar mächtig, innerhalb des Lehenssystems aber weniger angesehen als ein freier Bauer, wenn sie vom Kaiser kein Lehen bekommen hatten (vgl. V. 267–270).

Der Einsatz besonders brutaler Vögte hatte taktische Gründe: Wenn diese die Menschen so provozierten, dass sie einen Aufstand wagten, hatten die Habsburger den rechtlichen Vorwand, Armeen des Reiches zu schicken, um das Gebiet zu unterwerfen und die Freiheitsrechte zu kassieren. Die Furcht davor wird im Stück mehrfach angesprochen (vgl. V. 306–311, 1384, 2929ff.).

1 »Vogt« bezeichnet auch leitende Beamte auf niedrigerer Ebene. Der Fronvogt in I/3 leitet die Bauarbeiten an der Zwingburg Uri.

Der lange Weg der Schweizer in die Freiheit

Bei Schiller entsteht die freie Schweiz in ein paar Tagen. Tatsächlich zog sich dieser Prozess über Jahrzehnte hin.

1231, 1240	Uri und Schwyz werden unabhängig (vgl. den Hinweis auf Kaiser Friedrichs II. Freiheitsbrief, V. 1215).
2. Hälfte 13. Jh.	Die Kantone schließen einen Bund. Man weiß heute aber nichts Genaues darüber.
1273–1291	Der Habsburger Rudolf wird deutscher König, hebt die Selbstverwaltung der Kantone auf und setzt Reichsvögte ein (vgl. Geßler). 1274 macht er bei Uri einen Rückzieher, 1291 bei Schwyz. Er stirbt im selben Jahr.
1291	Uri, Schwyz und Unterwalden schließen ein Bündnis, das heute als Gründungsdatum der Schweiz gesehen wird. Schiller setzt das im »Rütli-Schwur« (II/2) um.
1297/98	Rudolfs Nachfolger, kein Habsburger, bestätigt die Freiheit der Kantone; sein Nachfolger Albrecht I., ein Habsburger, tut es nicht (vgl. z. B. V. 1324ff.).
1308	Johannes von Schwaben ermordet seinen Onkel Albrecht I.; der Täter wird »Parricida« (d. h. Vater-/Verwandtenmörder) genannt (vgl. II/2, V/1, V/2).
1309	Der neue König Heinrich VII. – kein Habsburger – bestätigt die Freiheitsbriefe der Kantone.
1311–1386	Die Habsburger verlieren zwei Schlachten: 1215 Morgarten, 1386 Sempach.
1648	Die inzwischen größer gewordene Eidgenossenschaft verlässt das deutsche Reichsgebiet und wird ein eigener Staat.

Die Entstehungszeit

Schillers »Wilhelm Tell« entstand in der Epoche der Weimarer Klassik (ca. 1790–1805).

Der geschichtliche Hintergrund

In Europa um 1800 empfanden viele Menschen die Welt als zerrissen, die gewohnte Ordnung löste sich auf.

- **politische Konflikte:** Kampf zwischen Adel und Bürgertum und Kriege (zwischen Napoleon und anderen europäischen Staaten)
- **zentrales historisches Ereignis:** die Französische Revolution. Die Bürger rebellierten unter der Losung »Freiheit, Gleichheit, Brüderlichkeit« gegen die Ausbeutung durch Adel und Kirche und stürzten 1789 König Ludwig XVI. Die anfangs weitgehend friedliche Revolution kippte in Gewalt um, als die sog. »Jakobiner«, eine radikale Gruppierung, die Macht ergriffen und nicht nur Massen von Adeligen, sondern auch scheinbare und echte Gegner der Revolution hinrichten ließen. Aus dem Chaos ging Napoleon als neue Größe hervor und errichtete das Kaiserreich Frankreich, das Europa mit Krieg überzog und beherrschen wollte – vorgeblich, um die revolutionären Errungenschaften weiterzutragen, tatsächlich aber aus Machtgier.
- **wirtschaftliche Umwälzungen:** beginnendes Industriezeitalter

Der geistige Hintergrund

Die wichtigsten Einflussfaktoren auf die deutsche Klassik waren:

- **Aufklärung des 18. Jahrhunderts:** Anleitung der Menschen zum selbstständigen Denken, zu Toleranz; Betonung der Menschenrechte; das Bürgertum als Träger neuer gesellschaftlicher Ideen, daraus erwachsend ein großes Selbstbewusstsein gegenüber dem historisch überlebten Adel; zentraler Philosoph: Kant

- **Empfindsamkeit** sowie **Sturm und Drang:** gefühlsbetonte Gegenbewegungen zur verstandesmäßig geprägten Aufklärung
- **neue Sicht der Antike:** Antike als formales und inhaltliches Vorbild; **Antike als Inbegriff von Idealen** wie Humanität oder Freiheit; wichtiger Vertreter: Kunsthistoriker Winckelmann

Die Weimarer Klassik als Antwort auf die Zeit

Die Klassiker (Goethe, Schiller, Herder, Wieland u. a.) versammelten sich in Weimar am »Musenhof« der Herzogin Anna Amalia; das kleine Weimar wurde so geistiges Zentrum seiner Zeit. Sie wollten der aus den Fugen geratenen Welt eine neue Ordnung entgegenstellen. Ihnen ging es nicht nur um Literatur, sondern um einen neuen Lebensstil, eine neue Weltanschauung. Kennzeichen dafür waren:

- das Ideal einer **harmonischen, sittlich-reinen Persönlichkeit**, die sich laufend um **Vervollkommnung** bemüht
- der **Ausgleich von Extremen** und Gegensätzen: Gefühl und Verstand, Individuum und Gesellschaft
- das Ideal der **Humanität** als Summe zentraler Werte: Toleranz, Sittlichkeit, Treue, Freundschaft, Bildung, Schönheit
- die **Betonung des Geistigen** und der **Gewaltfreiheit**: Politische Freiheit ist nachrangig, **geistige Freiheit zentral**, Gewalt immer verwerflich – eigentlich eine Absage an Revolutionen! Inwiefern »Wilhelm Tell« hier herausfällt, wird auf S. 42 dargestellt.
- eine **optimistisch-zuversichtliche Grundstimmung**: Der Mensch ist von Natur aus gut, er und die Welt sind verbesserbar, und zwar gerade durch Kunst und Literatur (vgl. Schillers Schrift »Die ästhetische Erziehung des Menschengeschlechts«).
- ein **vom Harmoniegedanken und vom Schönheitsideal bestimmtes Kunstverständnis**: Die Form muss dem edlen Inhalt, also den Idealen und Werten, entsprechen. Entwicklung des **Ideendramas**: Drama, das das klassische Programm in Form und Inhalt umsetzt

Hintergrund

Schillers Quellen

Schiller war Historiker und versuchte sich gründlich zu informieren. Aber zu seiner Zeit waren die Quellen zur Schweizer Geschichte eher legendenhaft. Dort taucht ein Tell auf, für den es keinen historischen Nachweis gibt, auch wenn heute noch viele Tell-Denkmäler in der Schweiz stehen.

Die Tell-Geschichte[1] basiert auf **alten Sagen** in Nord- und Westeuropa. Schon in germanischen Sagen (*Thidrek-Saga*) wird ein Schütze vom Herrscher zum Schuss gezwungen und rächt sich später an dem Tyrannen. Eine der Apfelschuss-Szene ähnliche Version liefert der dänische Historiker **Saxo Grammatikus** (ca. 1180). Im Laufe der Zeit drang die Geschichte zu den Schweizern vor, die glaubten, auch aus Nordeuropa zu stammen.

Die Tell-Sage und die Geschichte der Eidgenossenschaft werden ab dem **Spätmittelalter**, im Detail unterschiedlichen, im Kern aber einheitlichen Texten verknüpft: ***Bundeslied*** (1471), ***Das Weiße Buch von Sarnen*** (1472), ***Urner Tellenspiel*** (1512/13).

Schiller verwendete als Quellen das ***Chronicon Helveticum*** von Ägidius Tschudi (ca. 1550), der darin die Schweizer Geschichte erzählt, und die ***Geschichte schweizerischer Eidgenossenschaft*** (1786) von Johannes von Müller – dieses Buch erfüllt am ehesten die Ansprüche an wissenschaftliche Literatur. Teilweise übernahm Schiller von Tschudi Abschnitte wörtlich.

Insgesamt wollte **Schiller** aber **nicht** eine **wissenschaftlich korrekte Geschichte** verfassen, **sondern in poetischer Verdichtung philosophische Gedanken auf die Bühne bringen**. Schon deshalb findet alles innerhalb weniger Tage statt und es tauchen z. B. erdichtete oder in den Quellen anders beschriebene Figuren auf.

1 Vgl. zum Folgenden Suppanz (s. S. 62), S. 64ff.

Die literarische Gattung

»Wilhelm Tell« weicht in manchem vom üblichen Muster eines klassischen Dramas ab. Typisch dafür ist jedoch die Vermittlung einer Idee in einer anspruchsvollen formalen Gestaltung.

Für anspruchsvolle Dramen galten bis ins 19. Jahrhundert hinein strenge formale Regeln, die letztlich auf den griechischen Philosophen Aristoteles zurückgehen, wobei einige Details erst im Laufe der Zeit hinzukamen. Auch wenn diese Bauform des sogenannten **»aristotelischen Dramas«** z. B. in der Epoche des Sturm und Drang als zu starr kritisiert worden war, griff Schiller als Klassiker wieder darauf zurück. Denn für die Klassik galten **Formstrenge, Ordnung und Maß** als stilistische Grundsätze, zumal sich die Klassik grundsätzlich an der Antike orientierte.

Die drei Einheiten

Zu den formalen Regeln gehören die drei Einheiten:

- **Einheit der Handlung:** Zwar darf es verschiedene Handlungsstränge geben, diese aber müssen miteinander eng verknüpft sein und am Ende zusammenfließen. Dies ist in »Wilhelm Tell« eindeutig gegeben (s. Schaubild auf S. 34f.). Die Einheit der Handlung sollte sicherstellen, dass der Zuschauer den Überblick behält und somit auch die Botschaft des Autors versteht.
- **Einheit der Zeit:** Die Handlung eines Stückes darf eigentlich höchstens 24 Stunden dauern, im Idealfall würden sich Spielzeit und gespielte Zeit sogar decken. Natürlich ist dieses Ziel praktisch nicht erreichbar; Stücke, bei denen man es versuchte, wirken meist gekünstelt. Das Dramengesetz zwingt aber den Autor, die Handlung so zu gestalten, dass unnatürliche oder verwirrende Brüche vermieden werden. Vordergründig verstieß Schiller im »Wilhelm Tell« gegen das Gebot der Einheit der Zeit, denn das

Stück umfasst Ereignisse von mehreren Wochen, wobei präzise Angaben fehlen. So vergehen zwischen der ersten Planung des Aufstands (I/4) und dem Rütli-Treffen (II/2) einige Wochen. Akt III bis V spielen an zwei Tagen (vgl. Regieanweisungen zu Beginn von III/1 und V/1). Die Abweichung resultiert jedoch aus dem Stoff: Schiller verdichtete die in Wirklichkeit Jahrzehnte umfassenden Ereignisse ohnehin schon stark; noch mehr hätte künstlich gewirkt.

- **Einheit des Ortes:** Um das Ideal der Geschlossenheit umzusetzen, sollte sich der Schauplatz der dramatischen Handlung idealerweise nicht ändern. Diese Einheit des Ortes realisiert Schiller aber in seinem Geschichtsdrama auch nicht; es spielt an 13 verschiedenen Orten. Der Grund ist derselbe wie für die Abweichung von der Einheit der Zeit.

Gliederung in Akte (Aufzüge) und Szenen (Auftritte)

Das Werk umfasst wie alle klassischen Dramen **fünf Akte (Aufzüge)**, die **Anzahl der Szenen** ist aber **gering**. Dies erklärt sich dadurch, dass Schiller hier – anders als sonst üblich – nicht jede Veränderung in dem Personal, das auf der Bühne steht, als neue Szene zählt. Dadurch bekommt jede Szene ein höheres Gewicht und inhaltlich zusammengehörige Handlungsabschnitte werden in sich geschlossen in einer einzigen Szene dargestellt: Schiller verwirklicht so das **klassische Ideal der Geschlossenheit**.

Orientierung am traditionellen Musteraufbau

Das aristotelische Drama folgt einem bestimmten Musteraufbau (vgl. das Schaubild zum Aufbau des Textes S. 34f.):

1. Akt: **Exposition:** Einführung der Personen, ihrer Beziehungen, des Konflikts und seiner Hintergründe

2. Akt: **Steigende Handlung:** Verwicklungen, Verschärfung des Konflikts, Spannungsaufbau

3. Akt: **Peripetie:** Wendepunkt, Höhepunkt

4. Akt: **Fallende Handlung:** Hinstreben zum Handlungsende, augenscheinlich aufgehalten durch **retardierende Momente**, also Ereignisse, die den Zuschauer zur Erhöhung der Spannung ein anderes Handlungsende vermuten lassen

5. Akt: in Tragödie **Katastrophe** (Untergang des Helden), in Komödie **glückliches Ende** – »Wilhelm Tell« gehört zu keiner der beiden Gattungen: Das Drama stellt eine ernste Handlung dar, die aber zu einem **positiven Ausgang** führt.

Schiller hält sich grundsätzlich an dieses Schema, weicht aber – wie alle guten Autoren seiner Zeit – im Einzelnen dort davon ab, wo es inhaltlich nötig ist. (Blinder Schematismus ist nur eine Sache von schlechten Autoren.) So wird die steigende Handlung schon im 1. Akt eingeleitet. Auch treten retardierende Momente schon vor dem 4. Akt auf, z. B. wenn Tell sich in I/3 weigert, in dem Konflikt aktiv zu werden, oder in III/3 nach dem Apfelschuss verhaftet wird.

Dramentypen

»Wilhelm Tell« ist ein **Geschichtsdrama**, stellt also ein wichtiges historisches Ereignis aus der Sicht der Gegenwart dar. Es behandelt zwar einen ernsten Stoff, aber ein tragisches Ende, d. h. der Untergang des Helden, ist nicht unbedingt nötig. Zugleich ist das Stück ein **Ideendrama** (s. S. 29). Weil die Handlung mit den konfliktauslösenden Ereignissen einsetzt und direkt auf das Ende zuführt, handelt es sich um ein **Entfaltungsdrama**, auch wenn bis zu einem gewissen Grad Elemente des Enthüllungsdramas vorhanden sind, denn entscheidende Voraussetzungen der Handlung finden auch in der Vergangenheit statt und wirken sich nun aus.

Der Aufbau des Textes

Akt (Aufzug)	I	II
Orte	Seeufer Steinen Altdorf	Attinghausen-Edelho Rütli-Wiese
klassische Bauform eines positiv enden-den Geschichtsdramas	Exposition	steigende Handlung
Funktion	Vorstellung der Personen, Beziehungen, Hintergründe, Konflikte	Konfliktverschärfung
Handlungsstruktur		
1. Haupthandlung	wachsender Widerstand und erfolgreicher Befreiungs-	
2. Haupthandlung	Tells Entwicklung vom unpolitischen Menschen zur	
1. Nebenhandlung	Bertha-Rudenz-Handlung: Rudenz' Wandlung;	
2. Nebenhandlung		

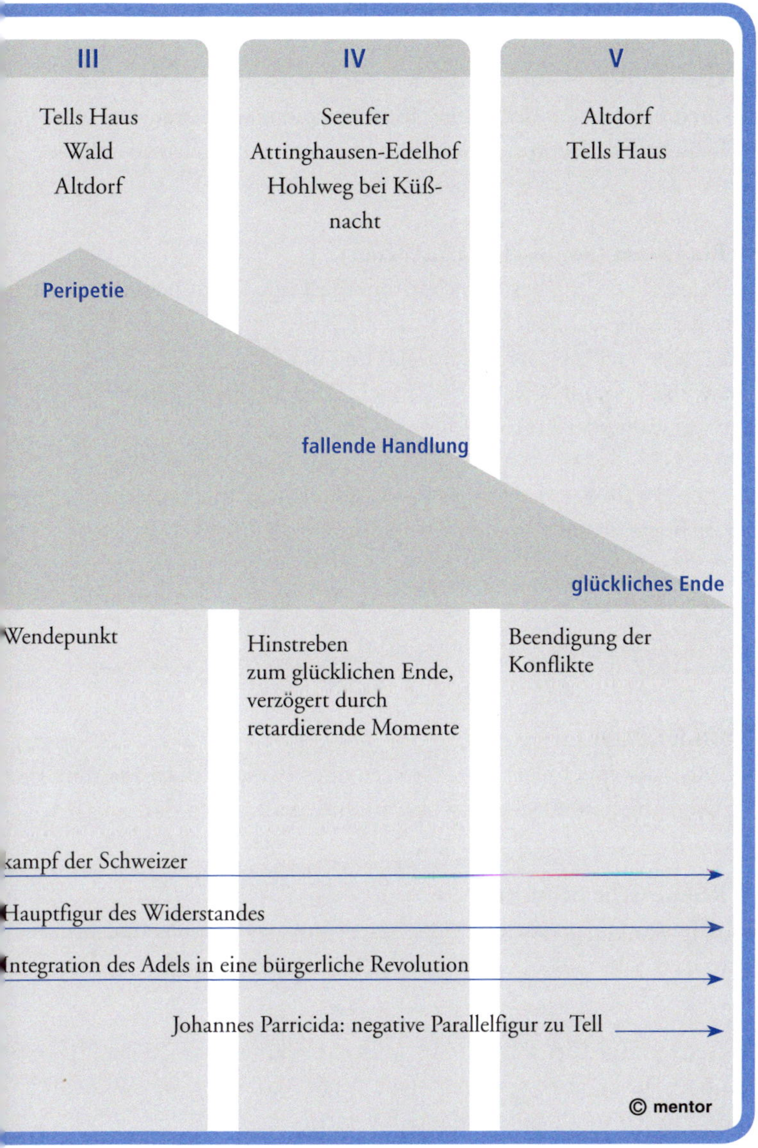
III
IV
V
Tells Haus
Wald
Altdorf
Seeufer
Attinghausen-Edelhof
Hohlweg bei Küß-
nacht
Altdorf
Tells Haus
Peripetie
fallende Handlung
glückliches Ende
Wendepunkt
Hinstreben
zum glücklichen Ende,
verzögert durch
retardierende Momente
Beendigung der
Konflikte
kampf der Schweizer
Hauptfigur des Widerstandes
Integration des Adels in eine bürgerliche Revolution
Johannes Parricida: negative Parallelfigur zu Tell
© mentor

Sprachliche Mittel

Gemäß dem Anspruch der Klassiker müssen Form und Inhalt übereinstimmen. Erhabene Ideen werden am herausragenden Schicksal bedeutsamer Gestalten in einem anspruchsvoll aufge-

- **Blankvers (jambischer Fünfheber)**

Reimloser Vers mit festem Metrum: Wechsel von unbetonter und betonter Silbe (Jambus). Am Versende (selten auch innerhalb einer Zeile, z.B. V. 3221) zusätzliche Senkung möglich.
Hinweis: Gezählt werden Vers-, nicht Druckzeilen; manche Verse sind auf zwei oder drei Sprecher verteilt.

Sonderfall: **Lieder** in anderen Versmaßen heben eine Situation hervor, z. B. gleich am Anfang die Brüchigkeit der Idylle (I/1).

- **Bilderreichtum**

Schiller verwendet häufig **Metaphern** oder **Personifikationen**, um Sachverhalte besonders eindrucksvoll und anschaulich darzustellen.

- **Rhetorische Stilmittel**

Antithesen entsprechen der Grundstruktur des Dramas und bringen Gegensätze auf den Punkt.

Sentenzen (griffig formulierte Leitsätze) äußert vor allem Tell, wenn er sicher in seiner Welt steht. Viele Sentenzen in »Wilhelm Tell« wurden zu alltäglichen Sprichwörtern.

bauten Drama veranschaulicht. Sprachlich ist dem nur das »genus grande« angemessen, der hohe bzw. pathetische Stil (griech. páthos: Leidenschaft).

→ Rösselmann. *Dăs sínd|dĕs Hím|mĕls fúrcht|bărĕ| Gĕrích|tĕ.* V. 2938

Landleute. *Wăs gíbt's?|* V. 2939

Rösselmann: *Ĭn wél|chĕn Zeí|tĕn lé|bĕn wír|!* V. 2940

˘ Senkung (unbetonte Silbe) ´ Hebung (betonte Silbe)

→ *Es lächelt der See, er ladet zum Bade,*
Der Knabe schlief ein am grünen Gestade, [...]
Und wie er erwachet in seliger Lust,
Da spülen die Wasser ihm um die Brust,
Und es ruft aus den Tiefen: [...]
Ich locke den Schläfer,
Ich zieh ihn herein. (V. 1ff.)

→ **Metapher:** *Und neues Leben blüht aus den Ruinen.* (V. 2427)
Personifikation: *du Bringer bittrer Schmerzen* (= Armbrust; V. 2598)

→ **Antithese**, hier in Verbindung mit einer Metapher:
Stauffacher. *Wir könnten viel, wenn wir zusammenstünden.*
Tell. *Beim Schiffbruch hilft der Einzelne sich leichter.* (V. 432f.)

→ **Sentenzen:** *Was Hände bauten, können Hände stürzen.* (V. 387), *Früh übt sich, was ein Meister werden will.* (V. 1481), *Die Axt im Haus erspart den Zimmermann.* (V. 1514)

Hintergrund

Dramaturgische Mittel

Dramaturgische Mittel veranschaulichen Beziehungen, Konflikte und Themen, bauen Spannung auf oder vermitteln etwas, was auf der Bühne nicht darstellbar ist; einen Erzähler gibt es ja nicht.

Gesprächsanteile und ihre Bedeutung

- Auf dem Rütli (II/2) sind die Redeanteile Stauffachers und Walther Fürsts hoch; das hebt ihre Bedeutung als Anführer hervor.
- In I/2 kommt Gertrud oft zu Wort, das spiegelt aber nur ihre emotionale Betroffenheit wegen Tells gefährlichen Lebenswandels wider, nicht ihre Macht; bestimmend ist vielmehr Tell, der mit kurzen, treffenden Sätzen ihre Einwände abprallen lässt.

Mittel zum Ausdruck von Gedanken und Gefühlen

- Schauspieler drücken Gefühle durch **Mimik, Gestik und Körperhaltung** aus; in Regieanweisungen gibt der Autor manches vor (vgl. z. B. nach V. 79, 110, 194 oder die eindrucksvolle Anweisung nach V. 1990 über Tells inneren Kampf vor dem Apfelschuss). Doch können kompliziertere Gedanken allein dadurch nicht vermittelt werden.
- Die **Figuren teilen Gefühle und Gedanken** einer **anderen Person mit**; vgl. z. B. Hedwigs Kritik an ihrem Mann (V. 2316ff., 2321f., 2324ff., 2330ff.).
- Sollen Gedanken nur den Zuschauern, nicht einer anderen Figur bekannt werden, bieten sich besondere Redeformen an, z. B. der **Monolog**, das Selbstgespräch. In »Wilhelm Tell« gibt es nur einen einzigen, dafür sehr langen Monolog: In diesem legt Tell die Gründe für seinen Plan, Geßler zu töten, dar (V. 2561–2651). Solche Monologe nennt man »Reflexionsmonolog« (reflektieren: über etwas gründlich nachdenken).

- Beim **Beiseitesprechen** redet eine Figur in Anwesenheit anderer etwas vor sich hin, ohne dass andere Figuren das »offiziell« hören; vgl. z. B. Bertha (V. 1585) oder Armgard (V. 2716).
- Die **Stichomythie**, die schnelle Wechselrede zwischen Figuren, drückt Aufgewühltheit aus. Jede spricht nur einen halben oder ganzen Vers (vgl. V. 3126f.; fünf Redewechsel in zwei Versen!).

Mittel, um Ereignisse außerhalb der Bühne darzustellen

Manches Geschehen wird aus einem bestimmten Grund auf der Bühne nicht dargestellt, obwohl es für die Handlung wichtig ist.

- **Botenbericht:** Eine Figur berichtet von einem Ereignis, z. B. Konrad Hunn über den Versuch, den König an dessen Hof für die Schweizer zu gewinnen (V. 1324–1348). Im traditionellen Drama soll die Einheit des Ortes und der Zeit gewahrt werden; Schiller konnte daher nichts auf der Bühne zeigen, was räumlich zu weit entfernt und zeitlich vorher stattfand. Und die Eroberung der Burgen darzustellen würde z. B. davon ablenken, dass der Aufstand von weitgehender Gewaltfreiheit bestimmt ist; daher gibt es nur einen Bericht darüber (V. 2866ff.).
- **Teichoskopie** (»Mauerschau«): Kunstgriff zur Darstellung von Ereignissen, die anders als im Botenbericht parallel ablaufen; die berichtende Figur steht an einem Ort, wo sie das Geschehen beobachten kann, z. B. der Fischerknabe hoch über dem See, während Geßlers Schiff gegen die Wellen ankämpft (V. 2163ff.).

Bedeutung der Handlungsgestaltung

Nebenhandlungen sind oft Mittel der Veranschaulichung.

- **Parallelhandlungen:** Dank der Parricida-Handlung kann Tell den Unterschied zwischen seinem Motiv und dem des Johannes von Schwaben verdeutlichen, ohne dass es künstlich wirkt.
- **kleine Nebenhandlungen:** Die Hochzeitsgesellschaft in IV/3 (V. 2652ff.) zögert die Spannung hinaus, verdeutlicht Tells ernste

Hintergrund

Lage durch die Gegenüberstellung mit der heiteren Gruppe und veranschaulicht ein wichtiges Motiv Tells: Nur durch die Tötung Geßlers kann die Familie als Zentrum einer friedlichen Gesellschaft erhalten bleiben.[1] Auch die Gespräche mit Stüssi (V. 2652ff.) und die Armgard-Episode in dieser Szene (V. 2677ff., insb. 2734ff.) betonen Geßlers Unmenschlichkeit und Rechtsverstöße. Hätte Schiller nur die Handlung vorantreiben wollen, hätte er auf alle diese Elemente verzichtet.

Symbolik

Orte, Zeiten, Naturphänomene und Dinge können symbolische Bedeutung haben. Hier hilft bei der Interpretation immer die Überlegung: Warum macht der Autor das so und nicht anders?

- **Ortssymbolik:** Die Schweizer schwören ihren neuen Bund auf einer Wiese – warum nicht in einem abgelegenen Bauernhof? Dort hätten sie genauso wenig entdeckt werden können. Die Wiese aber steht für Natur, so wie der Bund die natürlichen Rechtsverhältnisse wiederherstellen soll (s. S. 42f.).
- **Zeitsymbolik:** Das Rütli-Treffen findet nachts statt (Zeit der Heimlichkeit), der Schwur selbst und der Aufstand in Uri (V/1) dagegen bei Tagesanbruch (Zeit der Aufbruchsstimmung).
- **Natursymbolik:** Nach Geßlers Tat, die moralische Naturgesetze verletzt, ist die Natur aufgewühlt (IV/1) und es wird von unerhörten Naturereignissen berichtet (IV/3, V. 2664ff.). Der Fischer beschwört im Text die Elemente der Natur, die Tat zu sühnen (V. 2130ff.).
- **Dingsymbol:** Der Apfel ist ein altes Zeichen der Verführung durch den Teufel; schon Eva wurde vom Teufel mit einem Apfel verführt. Dazu passt, dass Geßler Tell auf einen Apfel schießen lässt; für die Handlung hätte es auch eine Birne sein können. In V. 2582 wird der Vogt einmal sogar als Teufel bezeichnet.

1 Vgl. Wilhelm Große: Friedrich Schiller, Wilhelm Tell. Hollfeld 2007, S. 61.

Interpretation

Textanalyse

1. Philosophische Aspekte des Dramas

»Wilhelm Tell« gilt als Schillers Antwort auf die Französische Revolution. Um Schillers Ideen zu verstehen, muss man sich auch mit Kant und Rousseau beschäftigten, die zu den einflussreichsten Philosophen dieser Zeit gehören.

1.1 Kants Ablehnung von Revolutionen

Schiller verehrte Immanuel Kant (1724–1804), folgte ihm aber nicht in allen seinen Ansichten. Wie viele deutsche Intellektuelle begrüßte Kant anfangs die Französische Revolution, mit der ein Volk auf zunächst überwiegend friedlichem Weg Unrecht beseitigte. Die Revolutionsziele (Freiheit, Gleichheit, Brüderlichkeit, Gerechtigkeit, Recht) galten als moralisch wertvoll. Die Sympathie verschwand aber, als die Revolution immer blutiger wurde. Kant lehnte nun Revolutionen generell ab:

- Entscheidend für die moralische Beurteilung einer Handlung ist immer die Handlung selbst, nicht das angestrebte Ziel. Wenn der Weg zu einem guten Ziel über moralisch verwerfliche Taten wie Gewalt, Tötungen usw. führt, ist dies inakzeptabel. Es gilt dabei der **kategorische Imperativ**, der in moderner Sprache lautet: »Handle stets so, dass der Grundsatz deines Handelns jederzeit Grundlage einer allgemeinen Gesetzgebung werden kann«. Gewalt und Mord dürfen aber nie von einem Gesetz zugelassen werden.
- Auch die Folgen der Revolutionen sind negativ: Sie führen nur zu äußeren Veränderungen (z. B. zu einer anderen Staatsform oder zum Ersatz einer machtgierigen Herrschaft durch eine andere) und bewirken Gegengewalt. Beides belegt die Französische Revo-

lution. Solche Aufstände bewirken keine innere, moralische Verbesserung der Menschen, auf die es laut Kant langfristig ankommt. Das ideale Staatswesen ist für Kant und seine Anhänger (auch Schiller) erst erreicht, wenn alle Bürger absolut moralisch rein denken und handeln.

- Man kann sich durchaus um Verbesserungen des Staates bemühen, aber nur auf moralischem, gewaltfreiem Weg. Kant empfahl, die Herrscher durch Argumente von Veränderungen zu überzeugen.

1.2 Schillers teilweise Abkehr von Kant

Der tatsächliche Handlungsablauf zeigt, dass Schiller, so sehr er Kant verehrte, sich doch nicht in allem an ihm orientierte. Schiller wollte deutlich machen, dass es **unter ganz bestimmten Bedingungen auch eine »moralisch gute Revolution« geben kann**:

- Eine naturgegebene, **sittlich hochstehende Ordnung wird wiederhergestellt**. Schiller stellt die mittelalterliche Schweizer Gesellschaft als solche dar (und denkt dabei wie seine Zeitgenossen): In ihr herrschten Recht und Ordnung, und im Zentrum steht die Familie. Wer sie bedroht, bedroht das Ganze. Das Drama beschreibt die Schweizer Verhältnisse durchweg als moralisch positiv: *ein harmlos Volk von Hirten* (V. 2441).
- **Sind Teile dieser Ordnung gefährdet, ist ein geordneter, begrenzter Abwehrkampf zulässig.** Tell z. B. handelt erst, als seine Familie bedroht wird. Die Schweizer schließen ihr Bündnis erst, als die Vögte systematisch grundlegende Rechtsregeln beugen (Wolfenschießens Übergriff auf Melchthals Frau usw.).
- Die schweizerische **Revolution führt nicht** wie die Französische Revolution **zu Chaos und blutiger Schreckensherrschaft** gegen eine soziale Schicht (vgl. V. 1369). Im Gegenteil, Adelige und Bürger leben friedlich miteinander, selbst wenn Vorbehalte bestehen (s. Abschnitt 1.3), und gerechte Lehensverhältnisse werden geachtet.

1.3 Gesellschaftskritische Aspekte

Schiller geht in seinem Drama immer wieder auf das Verhältnis der sogenannten »Stände«, also der gesellschaftlichen Schichten, zueinander ein. Typisch für die Autoren seiner Zeit, der Aufklärung und der Weimarer Klassik, grenzte er sich als Bürgerlicher durchaus bewusst vom Adel ab und kritisierte in seinen Stücken (z. B. in »Kabale und Liebe«, »Maria Stuart«) den moralisch heruntergekommenen, korrupten und tyrannischen Adel. In »Wilhelm Tell« entwirft er das **Idealbild einer bürgerlichen, nicht feudalen Gesellschaftsordnung**: Am Schluss des Dramas, der ja in allen Theaterstücken eine wichtige Botschaft enthält, bittet die Adelige Bertha um Aufnahme in die bürgerliche Schweizer Gesellschaft und Rudenz, anfangs noch der arrogante Adelige (vgl. II/1, V. 765, 815ff., 824ff.), erklärt seine Knechte zu freien Menschen (V, Letzte Szene). Auch Attinghausens Vision vom Adel, der den *Bürgereid* schwört (IV/2, V. 2431f.; vgl. auch V. 2417ff.), gehört hierher, wobei Attinghausen bereits der Grundidee nahe kommt, wenn er täglich mit seinen Knechten den Frühtrunk teilt (II/1, V. 753ff.). Im Unterschied zu den Radikalen der Französischen Revolution soll diese Veränderung der Gesellschaft aber nicht durch Zwang und Gewalt geschehen, sondern indem Adelige freiwillig auf Vorrechte verzichten; darin verwirklicht sich dann die **Vorstellung vom ideal vernünftigen Menschen**.

Die **Vernunft siegt auch im Verhalten bürgerlicher Figuren des Stücks**. Sie grenzen sich ja anfangs sehr selbstbewusst gegenüber dem Adel ab; die Revolution solle ohne Adel ablaufen (vgl. V. 2397, 2415f.). Melchthal betont, dass der Stand der Bauern (hier stellvertretend für den Bürgerstand) älter sei als der des Adels (V. 2488ff.), und misstraut dem Adeligen Rudenz lange. Erst in der gemeinsamen Rettung Berthas aus den Flammen der eroberten Burg (V/1, V. 2889ff.) überwindet Melchthal (stellvertretend für alle Bürger) sein Misstrauen (vgl. V. 2899ff.) und wird zum idealen Bürger, der von Vernunft und Moral bestimmt ist.

Am Ende verwirklicht sich der Geist des Rütli-Schwurs: *Wir wollen sein ein einzig Volk von Brüdern* (II/2, V. 1448). Diese Aussage enthält die Leitbegriffe der Französischen Revolution: Freiheit, Gleichheit, Brüderlichkeit. Aber sie werden ohne Blutvergießen umgesetzt – ein in jeder Beziehung *reine[r] Sieg* (V/1, V. 2913).

1.4 Rousseaus und Schillers Geschichtsbild

Jean-Jacques Rousseau (1712–1778) stammt aus Genf, einem französischsprachigen Kanton der Schweiz. Er gehörte zu den einflussreichsten Philosophen des 18. Jh.s. Einige seiner Grundgedanken sind für das Verständnis von Schillers Drama bedeutsam.

Nach Rousseau[1] lebten die **Menschen ursprünglich**, bevor sie Staaten bildeten, in einem **paradiesischen Urzustand** (er verwendet dafür den Begriff »Natur«) und waren **moralisch gut**; erst **durch das Zusammenleben mit anderen entwickelten sie negative Züge** wie Neid und Gier. Generell hielt er die Natur für besser als die Zivilisation und prägte das Motto **»Zurück zur Natur!«**. Bei seinen Zeitgenossen führte das zu einer großen Faszination für alles Natürliche, Ursprüngliche, Unverdorbene. Damit kam im 18. Jh. auch eine große **Schweiz-Begeisterung** auf: die Schweiz als Inbegriff dieses Naturzustandes, ohne die Verdorbenheit z. B. größerer Städte und Höfe (vgl. Tells Aussagen in III/3, V. 1798ff.; für Tell sind sogar die Gefahren der Natur geringer als die der Gesellschaft außerhalb der Schweiz). Da Schillers Drama in der Schweiz spielte, traf es auf ein großes Publikumsinteresse. Seine Aktualität wurde noch weiter erhöht, weil die »alte« Schweiz von den in Europa verhassten Truppen Napoleons besetzt worden war.

Schiller vertrat ähnliche **Vorstellungen** wie Rousseau. Für ihn **begann die Geschichte mit einer Idylle**, einem paradiesischen

1 Vgl. Hans Maier: Jean-Jaques Rousseau. In: Heinz Rausch (Hg.): Politische Denker II. München 1974, S. 67ff.

Zustand **sittlich lebender Menschen**. In der **zweiten Phase** traten **Konflikte**, moralische Schwächen usw. zutage. **Irgendwann** wird jedoch **wieder ein idyllischer Zustand** mit sittlich hochstehenden Menschen entstehen, in den aber die geschichtlichen Erfahrungen einfließen. Dieser Zustand ist mühsam zu erarbeiten, er wird den Menschen nicht geschenkt. **Merkmale der Idylle** sind zum einen die individuelle Freiheit, zum anderen die patriarchalische Ordnung. Erstere zeigt sich im Lied Walthers, in dem der Jäger (bildlich für den freien Naturmenschen) in seinem Lebensraum mit einem freien König verglichen wird (III/1, V. 1470ff.). Patriarchalisch ist eine Ordnung, in der die Familie das Zentrum bildet, der Vater (lat. pater) herrscht und für die Seinen sorgt. Auch Tell lebt ohne intensiven Bezug zur Gesellschaft mit seiner Familie und behütet sie. Dass dies die Hauptaufgabe des Menschen sei, betont er gegenüber Parricida (V/2, V. 3177ff.); die Familie als Kern der Gesellschaft sei Teil der *heilige[n] Natur* (V. 3183).

Wie in der Bibel wird durch einen **Sündenfall** die urzeitliche Idylle zerstört. Geßlers Taten verstoßen gegen sittliche Naturgesetze; dass er Tell zwingt, seinen Sohn zu gefährden, ist dabei der Höhepunkt (s. auch S. 50f.). Generell ist die feudale Gesellschaft sündig, ihre Regeln und Besitzverhältnisse machen die Menschen unfrei, unglücklich, verderben sie moralisch (vgl. III/3, V. 1798ff.) und bewirken Misstrauen (V. 1810). Tell spricht sogar allgemein von *bösen Menschen* (V. 1814). Die Revolution wird damit legitimiert, dass das patriarchalische Prinzip des guten Vaters von den Habsburgern missachtet wird (vgl. V/1, V. 3065ff.).

Tell sieht seine Tat als Teil eines göttlichen Strafgerichts, betrachtet sich als Arm Gottes (IV/3, V. 2597); dass Gott über die Menschen richtet, wird auch in Bezug auf Geßler nach dessen Tod betont (IV/3, V. 2839), und wenn Tell Parricida empfiehlt, beim Papst um Vergebung zu bitten, ist dies ebenfalls vor diesem Hintergrund zu verstehen (V/2, V. 3235f).

2. Wilhelm Tell

Ein Drama lebt von äußerer Handlung und von der Wandlung der Figuren. In »Wilhelm Tell« ändert sich vor allem die Titelfigur (daneben nur Rudenz, s. S. 60f.), wenn auch letztlich begrenzt.

2.1 Tell vor seiner Wandlung

Tell ist Gemsenjäger (vgl. V. 2636ff.), der oft tagelang im gefährlichen Gebirge herumstreift und viel riskiert (vgl. V. 1493ff., 2638ff.). Hierfür ist große **Tapferkeit** erforderlich. Tells Mut wird bereits in I/1 vor Augen geführt, denn nur er ist bereit, den verfolgten Baumgarten über den stürmischen See zu bringen (V. 151ff.); seine Tapferkeit gilt als einzigartig (V. 164). Später wird betont, dass ohne Tell der Aufstand scheitern (vgl. z. B. V. 2091f., 2102f.) und die Tyrannei übermächtig werde (vgl. V. 2123ff.). Dass Tells Tapferkeit Züge von unbedachter Tollkühnheit aufweist, ist v. a. die Wahrnehmung seiner Frau Hedwig (vgl. III/1, V. 1493ff.). Seine Tapferkeit ist jedoch mit **Geschicklichkeit** verbunden, wie die Rettung Baumgartens zeigt. Deshalb auch bitten die Soldaten Geßler, Tell das Schiff durch den Sturm steuern zu lassen (V. 2240ff.); das zeigt, dass selbst die Gegner Tells Tapferkeit zu würdigen wissen. Dies gilt auch für seine allen bekannte **Treffsicherheit** als Schütze (vgl. V. 1876ff., 2645ff.); selbst Geßler weiß um sie (V. 1874f.) und nutzt sie für seinen unmenschlichen Plan (»Apfelschuss«).

Aus dem Umstand, dass Tell als Jäger oft allein ist, mögen sich auch andere Charakterzüge erklären lassen, ihren tieferen Grund haben sie aber in Schillers Geschichtsphilosophie: Tell zu Beginn des Stücks als **Repräsentanten des naiv-idyllischen Naturzustandes der Menschen** (s. S. 44f.) darzustellen.

Tells **Vertrauen auf die eigene Kraft** sticht besonders hervor (vgl. V. 1510, 1543f., 1846ff.). Ihm geht es vor allem um völlige **Autarkie**

(Selbstständigkeit), denn er weiß, was er kann, und möchte ohne Hilfe von außen auskommen. Hedwig gegenüber betont er, er hoffe bei Gott, niemals Hilfe zu brauchen (V. 1535), und selbst in der Apfelschuss-Szene lehnt er Hilfe ab: *Ich helfe mir schon selbst* (V. 1846). Diese Einstellung vermittelt er auch seinen Kindern; sie sollen eine beschädigte Armbrust selbst reparieren: *Ein rechter Schütze hilft sich selbst* (V. 1479). Zur stehenden Redewendung wurde seine Sentenz (s. S. 36f.): *Die Axt im Haus erspart den Zimmermann* (V. 1514). Selbst in politischer Hinsicht will er allein handeln, denn *[d]er Starke ist am mächtigsten a l l e i n* (V. 437, vgl. V. 435), d. h., er vertraut der Kraft gemeinschaftlichen Handelns nicht.

Zum natürlichen Urzustand (und bei Menschen, die ständigen Gefahren ausgesetzt sind, ist das psychologisch verständlich) gehört Tells **Vertrauen auf Gottes Hilfe** (vgl. V. 151, 1510, 2096, 2098), das er immer wieder bestätigt sieht, z. B. wenn er aus der Gefangenschaft fliehen kann (vgl. V. 2212, 2246, 2262, 2269). Tell ist **tief religiös orientiert**: Er fühlt sich durch den Eid gebunden, den er Gott gab, als Geßler ihn zum Schuss auf seinen Sohn zwang (vgl. V. 2586ff.), und betrachtet die Tötung Geßlers als Teil eines göttlichen Strafgerichts (vgl. V. 2597). Die Klassiker waren zwar nicht konfessionell gebunden oder im christlichen Sinne religiös (vgl. die spöttische Bemerkung über Mönche, V. 2833), eine allgemeine spirituelle Orientierung war für sie aber selbstverständlich.

Tells Tapferkeit paart sich selbstverständlich im Sinne des reinen Menschen mit **Hilfsbereitschaft**, wie man schon in I/1 (V. 151ff.) sieht (vgl. auch V. 440f.), und geht bis zur Selbstaufopferung: *Der brave Mann denkt an sich selbst zuletzt* (V. 139). Seine Hilfsbereitschaft bezieht sich aber nur auf einzelne Menschen, nicht auf die Gemeinschaft und den Staat im Ganzen (s. S. 48f.). Diese Eigenschaft behält Tell selbst am Ende bei, als er Parricida, dessen Mordtat er entschieden ablehnt, aus Mitleid zur Flucht verhilft. Dabei orientiert er sich nicht an menschlichen Gesetzen (diese verbieten jegliche Hilfe, vgl. V. 2997, 3212f.), sondern handelt nach einem natürlichen Gefühl im Sinne Rousseaus. Tells Frau Hedwig lebt zwar auch im natürlichen Urzustand als Mutter und Ehefrau, aber sie ist (vielleicht gerade deshalb) in der Lage, die Folgen von Tells Hilfsbereitschaft abzuschätzen; deshalb übt sie massiv Kritik an Tell (vgl. V. 1491ff.), die freilich an ihm abprallt.

Damit wird ein weiterer Wesenszug des rousseauschen Naturmenschen erkennbar: das **Fehlen von Reflexion über die Folgen des eigenen Handelns**. In Bezug auf die Sorgen seiner Frau könnte man bei Tell fast von egoistischer Ich-Bezogenheit sprechen (man betrachte, wie er auf sie reagiert; s. S. 12), zumal er sein Handeln mit seiner Natur, d. h. Veranlagung begründet: *Zum Hirten hat Natur mich nicht gebildet, / Rastlos muss ich ein flüchtig Ziel verfolgen, / Dann erst genieß ich meines Lebens recht, / Wenn ich mir's jeden Tag aufs Neu erbeute* (V. 1487ff.). Er drückt damit auch aus, dass man sich im Leben stets neu beweisen muss – das **Leben als Kampf des Einzelnen**. Tell bezieht sich damit auf sein Jägerdasein, deshalb darf man die Formulierung »Lebenskampf« nicht politisch missverstehen (z. B. im Sinne der Nazis). Nach Schiller und Rousseau war unter einem idyllischen Urzustand der Menschen nur der Umstand gemeint, dass jeder Mensch sich anstrengen muss, um zu überleben.

Vor dem Hintergrund des Naturzustandes, eines Zustandes ohne Gesellschaft, ist auch Tells anfänglich **naiv-unpolitische Einstellung zur Politik** erklärbar.

Sehr naiv mutet Tells Ansicht an, die österreichische Herrschaft werde wie der Föhn, ein Naturvorgang, verschwinden (vgl. V. 423–426), man müsse nur vorsichtig sein. Er geht auch leichtgläubig davon aus, dass friedliches Verhalten Tyrannen besänftige bzw. nur unfriedliches Verhalten Probleme bereite (vgl. V. 428f.); dass er damit die politische Raffiniertheit und Bösartigkeit der Österreicher und Geßlers völlig falsch einschätzt, merkt der Leser von vornherein. So erkennt Tell die Bedeutung des Hutes nicht, wenn er seinem Sohn gegenüber äußert: *Was kümmert uns der Hut?* (V. 1816). Schon als er Hedwig von der Begegnung mit Geßler im Gebirge berichtet (vgl. V. 1547ff.), verrät er (im Gegensatz zu ihr, vgl. V. 1571f.) mangelndes politisch-psychologisches Verständnis: Er glaubt, Geßler werde ihm aus dem Wege gehen, er erkennt nicht, dass Geßler sich durch diese Situation zutiefst bloßgestellt fühlt und sich entsprechend rächen wird. Tell unterschätzt den Vogt enorm: *Mir soll sein böser Wille nicht viel schaden, / Ich tue recht und scheue keinen Feind* (V. 1543f.). Er ist sich auch sicher, die Angelegenheit auf dem Altdorfer Platz selbst regeln zu können (vgl. V. 1846ff.). Seine Naivität zeigt sich weiter, wenn er glaubt, einem durchtriebenen Tyrannen wie Geßler gegenüber den zweiten Pfeil mit einer Ausrede begründen zu können (... *bräuchlich bei den Schützen*, V. 2052), oder wenn er Geßlers Zusicherung vertraut, ihm geschehe nichts, falls er die Wahrheit über den zweiten Pfeil sage (vgl. V. 2058f.).

Vielleicht ist diese Naivität aber auch nur Ausdruck einer **tief sitzenden Friedlichkeit**: *Ein jeder lebe still bei sich daheim, / Dem Friedlichen gewährt man gern den Frieden* (V. 428f.). Im Naturzustand lebt der Mensch als Einzelner bzw. im Familienverband, nicht aber in der Gesellschaft; auch daher verweigert Tell sich zunächst der gemeinsamen politischen Aktion. Nur übersieht er dabei, dass die Welt um ihn herum eben schon längst kein Paradies mehr ist. Tells Friedensstreben geht so weit, dass er sich zur Begründung, warum er den Hut nicht gegrüßt hat, als etwas dümmlich und schusselig darstellt (*Aus Unbedacht, / Nicht aus Verachtung Eurer ist's geschehn*, V. 1870f.) und selbst herabsetzt (*Wär ich besonnen, hieß' ich nicht der Tell*, V. 1871), ja sogar zur Konfliktentschärfung um Gnade bittet (vgl. V. 1872). Schon früher hatte er seine Landsleute zur Mäßigung gegenüber den Habsburgern aufgefordert (vgl. V. 420). Würde man dieses Verhalten aber nur als Feigheit betrachten, übersähe man die geschichtsphilosophische Anlage der Tell-Figur: Tell als Inbegriff des friedliebenden Menschen des ursprünglichen Paradieses.

Vor dem Hintergrund, dass Tell ein Leben als urtümlich-natürlicher Einzelgänger führt, ist auch verständlich, warum er **Probleme mit der Kommunikation** hat. Dies zeigt sich zum einen gegenüber Einzelnen, z. B. seiner Frau, der er nur wenig einfühlsam antwortet (III/1, V. 1483ff., 1509ff., 1524, 1532, 1544), ohne auf ihre keinesfalls nebensächlichen Probleme einzugehen oder sich selbst und sein **Weltbild** infrage zu stellen; seine sentenzenhafte Sprache zeigt, wie **fest** er in diesem ruht (s. S. 55). Zum anderen **lehnt** er die **politische Diskussion ab**, weil sie seinem Wesen nicht entspreche: *… lasst mich aus eurem Rat, / Ich kann nicht lange prüfen oder wählen* (V. 442f.), und weil sie nicht effektiv sei: *Wer gar zu viel bedenkt, wird wenig leisten* (V. 1532). Stattdessen stellt er sich als **Mann der Tat** dar: *Bedürft ihr meiner zu bestimmter Tat, / Dann ruft den Tell, es soll an mir nicht fehlen* (V. 444f.). Für eine Tat steht Tell also der Gesellschaft und dem Land zur Verfügung, für das Reden nicht (vgl. auch V. 1520f.).

2.2 Tells Wandlung zum Tyrannenmörder

Wie kommt es nun, dass ein so in sich ruhender, prinzipientreuer Mensch zum Tyrannenmörder wird? Die **Ursache der Wandlung Tells** liegt im **grundlegenden menschlichen Bezugssystem Tells: der Familie**. Deutlich wird das an seiner Begründung gegenüber Hedwig, warum er Baumgarten gerettet hat, als diese ihm mangelnde Rücksichtnahme auf seine eigene Familie vorwirft: Er wollte den Kindern den Vater erhalten (vgl. V. 1528f.). Die Familie steht im Zentrum seines Denkens, aber nicht nur die eigene, sondern die Familie *als solche*, als Institution des natürlichen Urzustandes. Daher darf man Tell nicht vorwerfen, er habe Geßler nur getötet, weil seine eigene Familie bedroht war; die Motive gehen tiefer, denn **mit dem Schutz der eigenen Familie vor Geßler** (V. 2578ff., vgl. auch

V. 2632ff.) **schützt er** zugleich **die Idee der Familie**. Auch gegenüber Parricida betont er die Verteidigung der Familie als Zentralmotiv seines Handelns (vgl. V. 3176ff.) und hebt in der Abgrenzung zu Parricida den Bezug zum Naturrecht hervor: *Gerächt / Hab ich die heilige Natur, die du / Geschändet* (V. 3182ff.). Tell bestimmen also keine egoistischen Motive, sondern er handelt aus **Notwehr**.

Notwehr – eigentlich eine Form des Zwanges – und ein Handeln unter Zwang (sei es auch menschlich nachvollziehbar oder nach einfachen Wertmaßstäben verständlich) sind aus der Sicht Kants (und eigentlich auch Schillers) moralisch verwerflich (vgl. »Maria Stuart«!), denn es fehlt ihnen die Qualität des Moralischen: die absolute innere Freiheit. Die Tatsache, dass Schiller Tells Handeln von anderen Figuren nur positiv bewerten lässt und damit sicher auch selbst positiv bewertet, zeigt, dass er hier **nicht mehr dem radikalen Ansatz Kants folgt** (vgl. S. 41f.).

Die **zweite Begründung** in Tells Rechtfertigungsmonolog ist **religiöser Art**, was mit dem Denken in Naturbezügen Hand in Hand geht: Der Vogt habe seine Aufgabe, Recht zu sprechen, aus *mörderische[r] Lust* (V. 2595) missachtet, damit verfalle er dem göttlichen Strafgericht (vgl. V. 2591–2597).

Eine **politische Begründung** für Tells Handeln **fehlt** allerdings. In der Sekundärliteratur wird zwar öfter vertreten, dass sich Tell der politischen Konsequenzen seiner Tat (Beginn des Befreiungskampfes des Landes von der Macht Habsburgs) durchaus bewusst sei, aber interessanterweise spricht Tell an der dabei zitierten Stelle nur die Befreiung des Landes von Geßler an, nicht die von den Habsburgern (vgl. V. 2794f.).

Tells Wandlung tritt ein, als seine Absicht, ein friedliches Leben zu führen, gestört wird; kurz vor der Tötung Geßlers beschreibt er es so: *Es kann der Frömmste nicht im Frieden bleiben, / Wenn es dem bösen Nachbar nicht gefällt* (V. 2683f.). Damit erkennt er an, dass der

Mensch nicht mehr idyllisch allein lebt, sondern in einem Sozialverband. Die Entzauberung seiner Naturwelt erfolgt durch den Zwang zum Apfelschuss und somit zur Gefährdung seines Sohnes: Vorher war er *still, harmlos, rein* (V. 2569ff.), dann kam Geßler und verwandelte die *Milch der frommen Denkart* (V. 2574) in *gärend Drachengift* (V. 2573). Das Furchtbare der Situation bestand auch darin, dass ihm Geßler keinen Ausweg ließ: Würde Tell nicht schießen, müssten er und sein Sohn sterben; und auf das Angebot Tells, sich selbst zu opfern, geht der Tyrann nicht ein (vgl. V. 1898, 1984f.). In Tells Satz vor dem Schuss *Es muss!* (V. 1992) betont das *Es* seine Machtlosigkeit (er sagt ja nicht *Ich muss*) – für Tell, der immer selbstbewusst alle Probleme allein lösen wollte, eine ungeheure, niederschmetternde Erfahrung.

Der **entscheidende Moment für die innere Wandlung** wird von Tell **auf der Bühne** nicht ausgesprochen, Schiller lässt ihn Tell aber **deutlich darstellen**: *Tell steht in fürchterlichem Kampf, mit den Händen zuckend, und die rollenden Augen bald auf den Landvogt, bald zum Himmel gerichtet – Plötzlich greift er in seinen Köcher, nimmt einen zweiten Pfeil heraus und steckt ihn in seinen Goller* (Regieanweisung nach V. 1990).

Außer dass der friedliebende Tell zum Tyrannenmörder wird, hat seine Wandlung noch andere Folgen: Er **verliert** die **Spontaneität**, die ihn bisher auszeichnete. Tell hat die Tat jetzt hinsichtlich der Motive und des Ablaufs genau durchdacht (vgl. V. 2561ff.). Das wird noch dadurch hervorgehoben, dass sein Monolog die längste zusammenhängende Rede im ganzen Drama ist. Vorbei ist auch die Zeit der offenen Konfrontation, die ja seiner Naivität entsprang – nun **schießt** er **aus dem Hinterhalt**.

Die Schweizer im Drama (und in der Realität) feiern Tell für seine Tat, da sie den Anlass für den Aufstand liefert, doch eigentlich steht sie dem entgegen, was Stauffacher am Ende des Rütli-Schwurs betont hat: *Bezähme jeder die gerechte Wut, / Und spare für das Ganze seine Rache, / Denn Raub begeht am allgemeinen Gut, / Wer selbst sich hilft in seiner eignen Sache* (V. 1462ff.). Auch bei Tells Verhaftung wirft ihm Stauffacher vor: *O warum musstet ihr den Wütrich reizen!* (V. 2089). Melchthal bedauert zwar, dass man am Rütli den Aufschub des Aufstandes beschlossen hat (vgl. V. 1970f.), aber dieser war begründet. Und in Tells Ausführungen sind taktisch-politische Erwägungen, die das Ganze des Landes betreffen, nicht zu finden. Interessanterweise stellt Schiller zwischen dem Moment, in dem Stüssi die Ermordung Geßlers zum Anfang der Befreiung erklärt und ihm alle zustimmen (V. 2819ff.), und dem faktischen Erfolg des Aufstandes (nur etwa 20 Zeilen!) nicht dar, wie es die Schweizer in solch kurzer Zeit schafften, die früheren Hindernisse zu beseitigen; auch rückblickende Berichte in V/1 klären das nicht überzeugend. Es gelang einfach! Aber es hätte auch vieles misslingen können. Schiller ging es hierbei also nicht um eine reale Darstellung, er will vielmehr verdeutlichen, dass die **mutigen Taten von Einzelnen und die Gemeinschaftsaktion untrennbar miteinander verbunden sein müssen**, wenn eine Sache gelingen soll. Geßler hat das in einer zynischen Bemerkung Tell gegenüber ungewollt ausgedrückt: *Jetzt Retter hilf dir selbst – du rettest alle!* (V. 1990).

2.3 Tell nach seiner Wandlung

Nach der Ermordung Geßlers verhält sich Tell anders als zuvor: Er trägt keine Armbrust mehr (vgl. V. 3137ff.), obwohl für ihn anfangs die Waffe Teil seiner Identität war: *Mir fehlt der Arm, wenn mir die Waffe fehlt* (V. 1537). Den Verzicht auf die Waffe könnte man als Indiz werten, dass er aus seinem Einzelgängertum in ein Leben in der Gemeinschaft getreten ist (das ist nach Ansicht von Interpreten[1] auch Kern seiner Entwicklung); statt sich selbst zu schützen, genießt er nun den Schutz der Gemeinschaft. Andererseits enthält das Ende des Dramas keine weiteren Hinweise auf eine solche Veränderung,

1 Vgl. Große (s. S. 40), S. 61.

wohl aber Gegenbelege: Nach seiner Ankunft betont Tell: *Da bin ich wieder! Das ist meine Hütte! / Ich stehe wieder auf dem Meinigen* (V. 3135f.). Doch damit hebt er nur die Rückkehr in seine Familienwelt hervor. Als Tell vor die jubelnde Menge tritt, sagt er nichts, vielmehr sind die letzten Worte im Drama Bertha und Rudenz mit einer wichtigen politischen Botschaft vorbehalten (s. S. 43).

Tell **fehlt** auch das, was Helden klassischer Dramen auszeichnet: die **innere Erschütterung** nach der Tat. Schuldgefühle (wie sie selbst in Notwehr handelnde Menschen fast immer haben) empfindet er nicht. Er sieht sich nur als Mensch mit *reinen Hände[n]* (V. 3181).

Fazit: Tell ändert sich im Laufe des Stücks in einem entscheidenden Punkt: weg von der reinen Friedensliebe, hin zu der Bereitschaft, einen Tyrannen zu morden, als Mittel, um den Frieden nachhaltig zu sichern. Außerdem redet er ein wenig mehr als am Anfang (vgl. die für seine Verhältnisse längeren Aussagen gegenüber Parricida), aber die meisten anderen Persönlichkeitsmerkmale, die ihn als Helden einer unpolitischen Idylle ausweisen, bleiben erhalten: die Konzentration auf die Familie und die Ablehnung der Politik. Schiller hätte Tell z. B. zum Landammann machen lassen können; dass er es nicht tat, könnte man ihm »nur als Konstruktionsfehler« anlasten, sinnvoller aber ist, es als Absicht zu werten.

2.4 Die Einstellung der Mitbürger zu Tell

Von Anfang an wird **Tell als Retter- und Heilsfigur** eingeführt. Schon in Szene I/1 bezeichnet man ihn so: Baumgarten nennt ihn *Mein Retter seid Ihr und mein Engel, Tell!* (V. 154). Wenn Ruodi angesichts der brutalen Zerstörung der Hütten durch die Soldaten des Vogtes ausruft: *Wann wird der Retter kommen diesem Lande?* (V. 182), ist das rückblickend gesehen eine Anspielung auf Tell.

Der durch Baumgartens Formulierung hergestellte religiöse Zusammenhang (*Engel*) wird im Drama wiederholt herausgestellt: Stauffacher versucht Geßler von der Verhaftung Tells abzubringen, indem er ihn aufgrund des gelungenen Apfelschusses als Mann bezeichnet, *[a]n dem sich Gottes Hand sichtbar verkündigt* (V. 2070f.), d. h., Stauffacher sieht Tells Leistung als Gottesurteil. Der Fischer sieht Tells Sprung vom Schiff zweimal als Wunder an (vgl. V. 2207, 2272f.). Stauffacher (vgl. V. 2091f.) und Hedwig (vgl. V. 2366ff.) betonen, ohne Tell gehe alles unter; damit weist man ihm übermenschliche, göttliche Fähigkeiten zu. Zum Bild von Tells übermenschlicher Kraft passt auch, dass er nach Hedwigs Meinung immer derjenige sei, dem das Schwerste vorbehalten werde (vgl. V. 1523). Am Ende bezeichnet man Tell als *unsrer Freiheit Stifter* (V. 3084), *Retter von uns allen* (V. 3087) und *Schütz' und [...] Erretter* (V. 3282). Man will zu seinem Haus *wallen* (V. 3086), d. h. wallfahren – wie zu Gott oder einem Heiligen. Entsprechend überwältigend ist die Schlussfeier: Dort sieht man *den ganzen Talgrund vor Tells Wohnung, nebst den Anhöhen [...] mit Landleuten besetzt* (Regieanweisung zu Beginn der Letzten Szene). Tell ist der Held, in dem sich die ganze Schweiz (im Stück wie in der Realität) wiederfindet und der die neue Freiheit verkörpert.

2.5 Tells Veränderung im Spiegel seiner Sprache

In Phasen der Selbstsicherheit dominieren **Sentenzen** (vgl. S. 36f.). Die **Kürze seines Ausdrucks** und seine **Schweigsamkeit** mögen auch psychologisch motiviert sein (mit seinem Leben als einsamer Jäger), aber nicht nur; sie spiegeln auch wider, dass er nicht viele Worte braucht, weil er sich der Grundsätze seines Handelns und Daseins sicher ist. **In verunsichernden Krisenzeiten ändert sich seine Sprache**: Sie ist wie die anderer Figuren **emotional aufgewühlt** (vgl. v. a. III/3, V. 1890ff): kurze, abgehackte Sätze, die aber nicht allein stehen (wie in Sentenzen), sondern die aneinandergereiht und durch Gedankenstriche getrennt sind.

Aufgaben mit Lösungstipps

? Aufgabe 1

Zeigen Sie anhand der **Analyse von Szene I/1**, dass diese das **Musterbeispiel einer Exposition** darstellt.

! Lösungstipp

- **Aufgabe der Exposition:** Darstellung wesentlicher Handlungsbestandteile, Konflikte, Themen des Stücks
- **Konflikt zwischen Schweizern und Vögten**, die das Recht brechen (Baumgarten-Episode, V. 92ff.) und die Menschen brutal unterdrücken (vgl. Racheaktion der Soldaten am Ende der Szene, V. 177ff.); bildlicher (metaphorischer) Hinweis auf Gefahr durch die Vögte: Name des Sturms (*Der graue Talvogt*, V. 38)
- **Sehnsucht der Menschen nach Freiheit** von den Unterdrückern (vgl. Ruodis Worte am Ende, V. 181f.; vgl. Kuonis Freude über den Tod des Vogtes Wolfenschießen, V. 99f.); Wolfenschießens Tod als Vorausdeutung auf das Ende Geßlers, der ebenfalls das natürliche Sittengesetz verletzt (s. S. 50f.)
- **Hinweise auf gesellschaftliche Strukturen:** unfreie Landleute, die aber mit ihrer Situation zufrieden sind (Kuoni als Eigenmann Attinghausens, V. 50f.); Gliederung der einfachen Bevölkerung in drei Gruppen: Fischer, Hirten und Jäger (vgl. Lieder)
- **Gegenüberstellung von Natur und menschlicher Gesellschaft** (s. S. 44f.): Natur als zwar nicht ungefährlicher Idealzustand (zu den Naturgefahren vgl. V. 8ff., 26ff., 38ff., 64), aber letztlich doch als Idylle – Bedrohung durch Menschen größer als durch Natur (vgl. Tell, V. 143); Bedrohung wird schon in den Liedern angedeutet, dann in Natursymbolik umgesetzt (s. S. 40).
- **Familie als wesentlicher Wert:** Baumgartens Tat als Nothilfe für seine Frau (V. 91ff.); Kuonis Begründung, warum Ruodi

Baumgarten helfen soll (V. 113), Ruodis Begründung, warum er es nicht tut (V. 115)

- **Einführung Tells mit all seinen Grundeigenschaften:** vorbildliche Tapferkeit (V. 163f.); Hilfsbereitschaft (V. 139, 151ff.), die tief aus seinem Inneren kommt (V. 160; vgl. Rousseaus Bild vom sittlichen Urmenschen, S. 44); Gottvertrauen (V. 140, 157); Abneigung gegen das Reden (V. 148); Reden in Sentenzen als Ausdruck seines festen Weltbildes (vgl. V. 136, 139, 149), dabei durchaus ohne Verständnis für sein Gegenüber (vgl. Reaktionen auf Ruodis Bedenken, V. 136ff.); kein Interesse an Politik: Tell äußert sich nirgends über die politische Situation, erwähnt nur des Landvogts Erbarmungslosigkeit (V. 143).

? Aufgabe 2

Entsprechen die **Frauenfiguren** Gertrud, Bertha, Hedwig, Elsbeth, Hildegard, Mechthild und Armgard dem **klassischen Rollenbild**, das Schiller in folgenden beiden Gedichtausschnitten entwirft?

Der Mann muss hinaus
Ins feindliche Leben,
Muss wirken und streben […].
Und drinnen waltet
Die züchtige Hausfrau,
Die Mutter der Kinder,
Und herrschet weise
Im häuslichen Kreise […].

(aus: Schiller »Lied von der Glocke«)

Kraft erwart' ich vom Mann, des Gesetzes Würde behaupt' er,
Aber durch Anmut allein herrschet und herrsche das Weib.
Manche zwar haben geherrscht durch des Geistes Macht und der Taten,
Aber dann haben sie dich, höchste der Kronen, entbehrt.
Wahre Königin ist nur des Weibes weibliche Schönheit.

(aus: Schiller »Macht des Weibes«)

! Lösungstipp

Textgrundlage: Gertrud (I/2), Bertha (I/3, III/2, III/3, V/Letzte Szene), Hedwig (III/1, IV/2, V/2), Elsbeth, Hildegard, Mechthild (III/3), Armgard (IV/3)

Klassisches Rollenbild: Frau als Hausfrau und Mutter, kein politisches Engagement; Wesenszüge: Sittlichkeit (*züchtig*), Weisheit, Schönheit

Punkte, die in »Wilhelm Tell« für eine Übereinstimmung mit dem klassischen Rollenbild sprechen:

- **Sorge von Frauen um die Familie: a) Hedwig:** Sorge wegen Tells Abenteuerlust (III/1, V. 1491ff.); Angst um die Familie, falls Tell sich politisch engagiert (V. 1516ff.) und wie üblich die schwierigsten Aufgaben bekommen könnte (V. 1522ff.); Vorwürfe wegen Tells selbstmörderischer Hilfsaktion für Baumgarten (V. 1525ff.), Angst, dass Tell im Notfall niemand hilft (V. 1534; vgl. IV/2, V. 2338ff.); Kritik an Tell gegenüber Melchthal, Stauffacher und ihrem Vater Walther Fürst, dass ihr Mann sich aus Stolz zum Apfelschuss habe hinreißen lassen und das Leben ihres Sohnes gefährdet habe (IV/2, V. 2330ff.); zugleich Sorge um Tells Leiden im Gefängnis (V. 2354ff.) und Wissen um die Bedeutung Tells für die Zukunft der Schweiz (V. 2366ff.); **b) Armgard:** denkt auch primär an das Wohl der eigenen Familie, wenn sie Geßler um Gnade anfleht (IV/3, V. 2733)
- **Wunsch von Frauen nach männlichem Schutz: a) Bertha** gegenüber Rudenz, da die Habsburger ihrem Erbe nachstellen (III/2, V. 1662ff.); **b) Gertrud** gegenüber ihrem Mann Stauffacher, den sie zum Widerstand gegen die Vögte auffordert (I/2)
- **Klugheit der Frauen** (Wissen um psychologische Zusammenhänge): **a) Gertruds** Analyse des Neids Geßlers (I/2, V. 260ff.); **b) Hedwigs** Warnung an Tell nach dessen Begegnung mit Geßler in der Bergeinsamkeit (III/1, V. 1571f.)

Punkte, die gegen eine Übereinstimmung mit dem klassischen Rollenbild sprechen:

- **ausgeprägtes politisches Denken:** Gertrud (I/2); Bertha (I/3, V. 456f.; generell III/2; Verzicht auf Adelsvorrechte, V/Letzte Szene); auch Elsbeth, Hildegard und Mechthild vor dem Habsburger-Hut (III/3, V. 1760ff.), wobei Mechthild und Elsbeth sehr zynische Bemerkungen gegen Geßler machen (V. 1765ff.); Armgard (IV/3, V. 2771ff.); nur Hedwig lehnt politische Aktionen ab (III/1, V. 1516ff.)
- **selbstbewusstes Auftreten gegenüber Ehemännern (bzw. künftigen Partnern):** Gertrud gegenüber Stauffacher (I/2), Hedwig gegenüber Tell (III/1), Bertha gegenüber Rudenz (III/2); Selbstbewusstsein auch gegenüber anderen Männern: die drei Frauen vor dem Habsburger-Hut mit ihren zynischen Bemerkungen (III/3, V. 1765ff.), Hedwig gegenüber Melchthal, Stauffacher und ihrem Vater Walther Fürst (IV/2), Bertha gegenüber Geßler (III/3); **regelrechter Mut:** Armgard, die sich vor Geßlers Pferd wirft (IV/3, V. 2766ff.; vgl. auch V. 2759f.)

Fazit: insgesamt keineswegs Frauen vom Typ »Heimchen am Herd«, sondern starke, selbstbewusste und politisch denkende Frauen

? Aufgabe 3

Charakterisieren Sie die **Adeligen Bertha und Rudenz** und untersuchen Sie deren **Funktion im Drama**. Betrachten Sie auch kritisch die Motive der Figuren für ihre Einstellung zur Schweiz.

! Lösungstipp

Textgrundlage: Bertha von Bruneck (I/3, III/2, III/3, V/Letzte Szene); Rudenz (II/1, III/2, III/3, IV/2, V/Letzte Szene)

Bertha: Adelige am Hof der Habsburger, also keine Schweizerin, aber innerlich aufseiten der Schweizer, deren Freiheitsdrang sie bewundert und unter deren Unterdrückung sie ebenfalls leidet (vgl. III/2, V. 1604f., 1608ff., 1613ff., 1631ff., 1700ff. – Bertha formuliert hier die zu Zeiten Schillers herrschende europäische Begeisterung für die Schweiz); tätige Hilfe (vgl. Verhalten nach dem Unfall beim Bau der Zwingburg Uri, I/3, V. 448ff.), die vom misstrauischen Volk abgewehrt wird (V. 450ff.), was Bertha aber nicht gegen die Schweizer einnimmt; Wissen, dass die Unterdrückungsherrschaft nicht gut gehen kann (V. 456f.), überhaupt Frau mit hohem politischen Durchblick (vgl. III/2); von Habsburgern bedroht, weil ihre Güter auf schweizerischem Gebiet liegen und die Habsburger sie durch eine Ehe mit einem ihrer Anhänger entmachten und enteignen wollen (vgl. III/2, V. 1665ff.); überzeugt Rudenz, sich den Schweizern anzuschließen (V. 1679ff., 1692ff.); versucht – mutig, aber letztlich machtlos – Geßler vom Apfelschuss-Plan abzubringen (III/3, V. 1910ff., 1922ff.) und Rudenz zu beruhigen (V. 2010); verzichtet am Ende auf Adelsrechte und bittet darum, Bürgerin werden zu dürfen (V/Letzte Szene, V. 3283ff.)

Rudenz: Neffe und Erbe Attinghausens (II/1, V. 861ff.); Figur, die als einzige neben Tell eine Wandlung durchmacht:

- zunächst vom Leben am österreichischen Hof fasziniert: Liebe zum Prunk (vgl. seine Kleidung, II/1, V. 779ff.), Möglichkeit zur Befriedigung seines Ehrgeizes durch Ruhm an einem bedeutenden Adelshof (V. 823ff.), Abneigung gegenüber dem einfachen Schweizer Adel (*Baurenadel*, V. 825), noch mehr Verachtung gegenüber dem einfachen Volk (vgl. seinen Ekel, den gemeinsamen Morgentrunk mit den Knechten zu nehmen, II/1, Regieanweisung vor V. 765), Plädoyer für eine Unterwerfung der Schweiz unter die Habsburger (V. 798ff.) schon wegen deren Übermacht (V. 869ff.)
- aufgrund der Liebe zu Bertha Gesinnungswandel (vgl. III/2); Gründe: Er muss Bertha schützen, wird von ihr gerade deshalb

geliebt, weil er dem einfachen, unverdorbenen Schweizer Adel entstammt (V. 1642ff., 1650ff.); Rückbesinnung auf Herkunft (V. 1673ff., 1692ff.); stellt sich mutig Geßler entgegen, als dieser Tell zum Apfelschuss zwingt (III/3, 1992ff.), und würde ihn zum Duell herausfordern, wenn Geßler nicht im Auftrag des Kaisers handeln würde (V. 2027ff.) – zuvor offenes Bekenntnis seines bisherigen Irrtums (V. 2003ff.); Bedauern, nicht rechtzeitig vor dem Tod seines Onkels diesem seinen Gesinnungswandel mitgeteilt zu haben (IV/2, 2456ff.); entgegen der Abmachung am Rütli will er den Aufstand sofort beginnen (V. 2511f.) und die Burgen erobern (V. 2546) – und zwar an der Seite der Schweizer Bürger, die er vorher so verachtet hat, und obwohl die Bürger ihm mit Misstrauen begegnen (vgl. Melchthal, V. 2483f.)
- völliger Gesinnungswandel am Schluss: macht Knechte zu freien Männern (V/Letzte Szene, V. 3291)

Funktionen der Figuren im Stück:
- **inhaltlich:** Bertha als notwendige Figur, um Rudenz umzustimmen, damit das Misstrauen zwischen Bürgertum (repräsentiert durch Melchthal) und Adel überwunden werden kann (in der gemeinsamen Rettungsaktion, V/1, V. 2889ff.)
- **thematisch:** Repräsentanten des »guten« Adels (Bertha von vornherein, Rudenz nach seiner Wandlung); Figuren, an denen sich die Kraft der Vernunft beweisen kann: Verzicht auf adelige Vorrechte aufgrund eigener Einsicht, nicht durch äußeren Zwang – Schillers Absage an eine gesellschaftliche Veränderung durch Gewalt und Plädoyer für die Macht der Vernunft (s. S. 43)

Kritik an Motiven:
- Bertha: will vielleicht nur ihr Eigentum sichern, das von Habsburgern bedroht ist
- Rudenz: wankelmütig, lässt sich vielleicht nur aus Liebe zu Bertha zum Gesinnungswandel bewegen

Lese- und Medientipps

Weiterführende Literatur

Erläuterungen zu Textstellen, Selbstaussagen Schillers über sein Werk, zeitgenössische Kritiken, Texte zur Wirkungsgeschichte, zu späteren Aufführungen und zur Interpretation finden Sie bei:

Suppanz, Frank: Friedrich Schiller, Wilhelm Tell. Erläuterungen und Dokumente. Stuttgart 2005 (Reclams Universal-Bibliothek Nr. 16052).

Frisch, Max: Wilhelm Tell für die Schule. Frankfurt am Main (Suhrkamp Taschenbuch Nr. 2), 1. Aufl. 1971, 31. Aufl. 2008.

Max Frisch, selbst Schweizer, aber auch ausgewiesener Schweiz-Kritiker, **schrieb die Tell-Geschichte neu** – in einer Mischung aus Erzählung und scheinbar wissenschaftlichen, in Wirklichkeit satirischen Kommentaren. Aus Schillers edlem Tell wird ein griesgrämiger, ungehobelter Typ, der – wie alle Schweizer in dem Text – stur, dumm und aggressiv am Alten festhält; aus Geßler macht Frisch einen kranken, genervten, friedensliebenden Beamten, der nur den Job möglichst schnell loshaben will. Ein sehr lesenswerter Text!

Internetseiten

Auf der folgenden Internetseite finden Sie zahlreiche Informationen über den Schweizer **Volkshelden Tell** und über die **Schweizer Tell-Begeisterung**: **www.swissinfo.ch/ger/swissinfo.html?siteSect=2300**

Interessantes **Multimediamaterial zu Schiller und zum »Tell«** steht unter **www.mediaculture-online.de/Schillerjahr2009.1524.0.html** (auch ein Comic unter dem Stichwort »Eine grafische Novelle«). Ansonsten noch sehr informativ die Seite **www.friedrich-von-Schiller.de**

Stichwortverzeichnis